Sabina Altermatt
Bergwasser

PIPER

Zu diesem Buch

Die Ingenieurin Julia Jansen lässt ihren Freund in Freiburg zurück, um in den Schweizer Alpen an einer Tunnelbohrmaschine Reparaturarbeiten zu leisten. Als einzige Frau muss sie sich in einem männlich dominierten Umfeld behaupten und wird dabei schnell zum Anziehungsmagneten für ihre Kollegen. Vor allem aber wird Julia zur Zielscheibe mysteriöser Gefahren, die im Berg lauern, denn eine Frau im Tunnel bringt Unglück, so heißt es. Bei ihrer Ankunft hat das Tunnelbau-Projekt bereits einen Maschinenführer das Leben gekostet, und was zunächst aussieht wie ein Unfall, scheint der Beginn eines gefährlichen Kampfes zu sein, den der jahrtausendealte Berg gegen seine Angreifer führt. Gibt es Komplizen unter den Bergarbeitern, oder steckt doch jemand ganz anderes hinter den Verbrechen? Und kann Julia, die nebenbei auch noch ihr Privatleben neu ordnen muss, dem Geheimnis auf die Schliche kommen?

Sabina Altermatt, geboren 1966 in Chur, studierte Staatswissenschaften in St. Gallen. Heute arbeitet sie als PR-Beraterin, lebt und schreibt in Zürich und im Glarnerland. Für ihr literarisches Schaffen erhielt sie verschiedene Preise und Stipendien. Nach »Verrat in Zürich West«, »Nervengift« und »Alpenrauschen« ist »Bergwasser« ihr vierter Kriminalroman.

Sabina Altermatt

BERGWASSER

Kriminalroman

Piper München Zürich

Mehr über unsere Autoren und Bücher:
www.piper.de

Von Sabina Altermatt liegen bei Piper vor:
Alpenrauschen
Bergwasser

MIX
Papier aus verantwortungsvollen Quellen
FSC® C014496
FSC
www.fsc.org

Originalausgabe
Januar 2014

Umschlaggestaltung: semper smile, München
Umschlagabbildung: Shutterstock
Satz: Greiner & Reichel, Köln
Gesetzt aus der Adobe Caslon
Papier: Munken Print von Arctic Paper Munkedals AB, Schweden
Druck und Bindung: GGP Media GmbH, Pößneck
Printed in Germany ISBN 978-3-492-30353-8

Für Pa

KAPITEL 1

»Es stürzt gleich alles ein«, sagte Jan, ohne den Blick von der Zimmerdecke abzuwenden.

Auf dem Bett türmten sich bunte Textilien zu einem Berg. Daneben lag Jan auf dem Rücken, die Hände in den Nacken gestützt.

»Ach ja?« Julia warf ein paar Slips und BHs auf den Kleiderhaufen.

»Dazu muss man nichts von Statik verstehen, das sieht jedes Kind.«

»Interessant.« Sie legte noch ein paar Wollsocken nach.

Der Haufen hielt stand.

»Und?«, fragte sie.

»Nichts und.« Schnell drehte sich Jan auf den Bauch, packte Julia am Handgelenk und versuchte, sie über den Kleiderberg hinweg zu sich zu ziehen.

Sie konnte sich befreien, ohne den Haufen zu berühren. »Siehst du? Er hält.«

»Dann bohren wir einen Tunnel.« Er stieß den Arm durch den Kleiderhaufen. Die Hälfte der Wäsche fiel vom Bett auf den Boden.

»Musste das sein?« Julia sammelte sie zusammen.

»Jetzt mach mal eine Pause und komm zu mir!«

»Du möchtest doch nur, dass ich den Zug verpasse«, sagte Julia.

»Genau, das möchte ich.«

»Ich gehe da nicht zum Vergnügen hin. Das ist meine Arbeit, das weißt du.« Sie faltete ein T-Shirt zusammen.

»Wissen heißt nicht unbedingt, es auch zu verstehen.«

»Ich habe dir schon von Anfang an ganz klar gesagt, dass ich oft auf Abruf wegmuss.«

»Ich habe doch keine Liste angekreuzt, in der stand: rotblond, 1.65, schlank, Sommersprossen, hübsch, muss ab und zu die Welt retten, vor allem dann, wenn sie mit ihrem Partner in den Urlaub fahren will.«

»Hast du nicht? Das war vielleicht ein Fehler.« Sie setzte sich neben ihn auf die Bettkante und wuschelte ihm durchs Haar.

»Soso, *mein* Fehler. Dann ist ja gut.« Er wandte sich ab und vergrub sein Gesicht in der Bettdecke.

»Aber das hat sich zum Glück geklärt, du kannst mit Tom an die Ostsee fahren.«

»I haha ui aina fau dait…«

»Wie bitte?« Sie zupfte an seinen Nackenhaaren, Jan hob den Kopf. »Ich habe nicht eine Frau, damit ich mit einem Mann in die Ferien fahren muss. Und auch noch an die Ostsee.«

»Tom ist doch ganz nett.«

»Ja, im Gegensatz zu dir. – Und wann bist du wieder in Freiburg?«

»Das kann ich nicht sagen. Das hängt von der Maschine ab. Und wie schnell ich sie wieder flottkriege.«

Julia stand auf und holte einen Faserpelzpullover aus dem Schrank. »Meinst du, einer genügt?«

»Ich habe immer gedacht, es sei so warm in diesen Tunnels.«

»In den Tunnels schon, aber vielleicht möchte man am Abend noch ein bisschen draußen sitzen.«

»Ein Lagerfeuer in den Bergen – wie romantisch! Also doch keine Arbeit, sondern Vergnügen.«

Julia stand auf.

»Wo gehst du hin?«, fragte Jan.

Sie betrat ohne zu antworten das Badezimmer und öffnete den Spiegelschrank, um sich zu vergewissern, dass sie nichts vergessen hatte. Dann machte sie ihn wieder zu, blieb vor dem Spiegel stehen. Irgendwas war da noch. Genau, die Taschenlampe. Sie ging ins Schlafzimmer zurück. »Hast du neue Batterien für die Taschenlampe gekauft?«

»Habe sie bereits ausgetauscht.«

»Danke. Dann hab ich wohl alles.« Sie griff zum Rucksack, der neben dem Bett stand, und stopfte alles hinein.

»Und den brauchst du nicht?« Jan hatte den froschgrünen Helm angezogen.

»Doch, gib schon her!« Sie griff danach, doch Jan wich schnell zurück, rutschte rückwärts vom Bett, sprang auf und hielt den Helm in die Höhe.

»Jetzt gib ihn mir, ich muss los.«

»Zuerst musst du mir noch eine Frage beantworten.«

»Welche Frage?«

»Das weißt du genau.«

»Nein, das weiß ich nicht.«

»Klar weißt du's.«

»Nun komm schon, Kindskopf. Gib den Helm her!« Sie kitzelte ihn am Bauch, doch er streckte den Arm weiter in die Höhe.

»Genau!«

»Was genau?«

»Der erste Teil.«

»Wovon?«

»Von Kindskopf.«

»Ich denke nicht, dass jetzt der richtige Zeitpunkt ist, um ...«

»Aber wann ist für dich der richtige Zeitpunkt?« Jan wurde lauter.

»Auf jeden Fall nicht jetzt. Ich muss los.«

»Und ich will ein Kind. Von dir.« Er hatte den Helm wieder heruntergenommen und versuchte einen Fleck zu entfernen, indem er den Finger befeuchtete und auf der grünen Fläche herumrieb.

»Möchtest du noch schnell eines machen?«, fragte Julia.

»Mach dich nur lustig.«

»Ich mache mich nicht lustig, ich meine es ernst.«

»Ich auch.« Er warf den Helm aufs Bett, verließ das Schlafzimmer und knallte die Tür zu. Etwas später hörte sie die Haustür zuschlagen.

Hoffentlich hat er einen Schlüssel mitgenommen, dachte Julia und befestigte den Helm am Rucksack.

—

Maria kehrte Dreckklumpen zusammen, die aussahen wie kleine graue Mürbteigbrösel. Heute war es besonders schmutzig. Wieso man mit Arbeitsschuhen in die Kantine ging, hatte sie bis heute nicht begriffen. Vor allem, wenn der halbe Berg an den Stiefeln klebte. Dabei hing an der Eingangstür der *Cantina Tschiervi* unübersehbar ein Schild: *Zutritt nur in sauberer Kleidung. – Ingresso solo con abiti puliti.* Gehörten die Schuhe etwa nicht zur Kleidung?

»Maria, kommst du mal?«, rief Andrea aus der Küche.

Ihre Chefin war schon den ganzen Tag nervös. Maria hier, Maria da. Sicher war etwas mit dem Tiramisu schiefgelaufen. War auch eine blöde Idee, Tiramisu für hundert Personen oder vielmehr für hundert Männer zu machen. Frauen gab es hier fast keine. Zum Glück. Männer waren viel einfacher gestrickt.

»Die Mannen müssen doch mal was Gutes haben«, hatte Andrea gesagt. »Schließlich gibt es was zu feiern.«

Sie waren kurz vor Tunnelkilometer zehn. Eine Zahl wie jede andere auch. Maria verstand nicht, wieso man gerade jetzt feiern musste. Da war die Sache mit Simon, das war noch nicht mal eine Woche her. Und *Marta* hatte auch schlappgemacht. War das ein Grund, um zu feiern?

»Maria!!!«

»Ja, ich komme.« Sie ließ Eimer und Besen stehen und ging in die Küche.

»Wieso stehen diese beiden Tiramisu-Platten noch draußen?«, fragte Andrea. Ihre Wangen waren ganz rot. Kein gutes Zeichen.

»Für die war kein Platz mehr im Kühlraum«, stammelte Maria. Es war die Wahrheit. Alle Regale waren belegt.

»In einem Kühlraum ist immer Platz.« Energisch schwang Andrea die Tür auf. »Oder willst du etwa, dass unsere Männer eine Salmonellenvergiftung bekommen?«

Kalte Luft kam ihnen entgegen. Maria fröstelte.

»Hätte ich die Platten etwa auf den Boden stellen sollen?« Die Kantinenchefin ging Maria langsam auf die Nerven. Wieso musste sie ihr die ganze Zeit sagen, wie man etwas zu tun hatte?

Andrea ging schweigend nach draußen, kam mit zwei Getränkekisten zurück und stellte die zwei überzähligen Platten darauf.

Das war schlimmer, als wenn sie geflucht hätte.

Maria schüttelte den Kopf, verließ den Kühlraum und ging nach draußen. Sie zog eine Schachtel Zigaretten aus der Schürzentasche, zündete eine an und lehnte sich an den Findling, der neben dem Eingang stand und den wahrscheinlich einmal ein Gletscher zurückgelassen hatte. Der von den ersten Sonnenstrahlen aufgeheizte Stein wärmte ihr angenehm den Hintern. Sie hatte ihre Pause zwar schon um neun Uhr gehabt, dafür hatte sie gestern durchgearbeitet.

Maria schaute zu den Wohnbaracken hinüber. Lange zweistöckige Gebäude. Im oberen Stock gab es einen Laubengang mit Satellitenschüsseln. Zwei Reihen mit einem Sträßchen dazwischen. Der weiße Container, in dem das Baubüro war, stand quer dazu.

Die meisten Bewohner hatten die Rollläden heruntergelassen, damit sich die Räume tagsüber nicht zu stark aufheizten. In einem Zimmer im Trakt A stand das Fenster leicht offen. Hier wohnte die erste Schicht, die jetzt im Berg war. Der Bewohner würde sich freuen, wenn er am Nachmittag in seine hausgemachte Sauna zurückkehren würde. Als ob es im Berginneren nicht schon heiß genug wäre. Über vierzig Grad habe es vorne beim Bohrkopf, hatte ihr Antonio erzählt. Eigentlich hätte sie schnell hinübergehen und das Fenster schließen können. Als Putzfrau hatte sie Zugang zu allen Zimmern, und die meisten Bewohner schlossen gar nicht ab. Doch sie hatte keine Lust, den Männern immer hinterherzurennen. Schließlich waren sie alt genug. In einem anderen Zimmer brannte Licht, das konnte sie durch die Jalousien hindurch erkennen.

Da hatte es mal wieder jemand eilig gehabt.

Sie betrachtete ihre Hände, steckte die Zigarette zwischen die Lippen und pulte den Dreck unter den Nägeln hervor. Dann blickte sie wieder auf und schaute zu den Baracken. Das Zimmer war jetzt dunkel.

—

In Zürich musste Julia umsteigen. Der Zug aus Freiburg hatte Verspätung, und sie erreichte den Anschluss in letzter Sekunde. Im unteren Stock des Wagens war alles belegt: Familien mit Kinderwagen, eine Wandergruppe. Sie nahm die Treppe ins Obergeschoss und steuerte einen freien Platz an, zwei jungen Frauen gegenüber.

Die eine wischte mit dem Zeigefinger auf ihrem iPhone herum, die andere hatte Stöpsel in den Ohren. Als Julia fragte, ob der Platz noch frei sei, antwortete die eine mit einem Nicken.

Sie versuchte, ihren Rucksack oberhalb des Sitzes zu verstauen. Doch das Gepäckfach war nichts weiter als eine bessere Hutablage. Julia fluchte. Jetzt musste sie nochmals zurück zum Treppenaufgang. Da hatte sie eine Gepäckablage gesehen. Doch ein älteres Ehepaar mit einem hellen, zottligen Hund stand im Weg. Der Hund schnupperte interessiert an Julias Hose. Die drei warteten darauf, dass eine Frau, die ebenfalls darauf wartete, dass sich ihre Kinder hinsetzten, den Weg frei machte. Doch die Kinder stritten darum, wer in Fahrtrichtung sitzen durfte und welches überhaupt die Fahrtrichtung war. Schließlich wurde es der Mutter zu viel, sie packte den Kleinsten an den Oberarmen und hob ihn auf den Sitz, worauf sich die beiden Mädchen auch setzten. Das Ehepaar mit Hund ging ins Abteil gegenüber. Schnell bugsierte Julia ihren Rucksack zur Gepäckablage, bevor ihr wieder jemand entgegenkam. Doch die war bereits mit Rollkoffern und Taschen vollgepackt. Sie schleppte den Rucksack wieder zurück und stellte ihn auf ihren Nebensitz.

»Ist hier noch frei?«, fragte kurze Zeit später ein junger Mann. Julia versuchte, freundlich zu nicken, und nahm das Ungetüm auf ihre Knie.

An der nächsten Station stieg eine der Frauen in Julias Abteil aus. Julia platzierte den Rucksack auf dem frei gewordenen Sitz und lehnte sich zurück.

Erst jetzt spürte sie, wie erschöpft sie war. War es die Arbeit? Sie wurden in den letzten Monaten regelrecht mit Bestellungen für neue Maschinen überflutet, und jeder Kunde hatte seine Spezialwünsche. Oder war es wegen Jan? Bedrückte sie ihr schlechtes Gewissen, dass sie ihn einmal mehr enttäuscht hatte? Oder war es die Energie, die sie brauchte, um wegzugehen? Von Jan? Von zu Hause? Wie eine Rakete, die zuerst die Erdanziehungskraft überwinden musste?

Der Zug fuhr in einen Tunnel, und Julia spürte die Schläfrigkeit immer stärker. Sie lauschte dem regelmäßigen Klopfen, jeder Tunnel hatte seine eigene Abfolge von verschiedenen Lauten: klopfen, scheppern, dröhnen. Jeder hatte seine eigene Melodie, die je nach Wagenmaterial variierte.

Beinahe wäre sie eingeschlafen, da verlangsamte der Zug sein Tempo. Bis er stillstand. Die Kinder im Abteil schräg gegenüber drückten die Nasen an die Scheiben.

»Fährt der Zug noch?«, wollte eines der Mädchen von seiner Mutter wissen.

»Ich glaube, wir stehen«, sagte die Mutter zu den Kindern.

Der kleine Junge wurde unruhig. Die Mutter packte einen Apfel aus, machte Schnitze und verteilte sie.

Das blaue Lautsprechersymbol der Durchsageanzeige begann zu blinken. »Vereht Fahrgäs … nische Panne …Wir bitt… Sie um …« Danach rauschte es nur noch in der Leitung.

Julia schaute nach draußen, die Hände wie Scheuklappen an die Augen gelegt, doch sie konnte nichts sehen, das Innere des Abteils spiegelte zu stark. Plötzlich ging das Licht aus. Es war stockfinster. Nur das iPhone der Frau gegenüber leuchtete bläulich. Der kleine Junge fing an zu weinen, der Hund antwortete heulend. Die Mutter klappte ihr Handy auf.

Julia griff im Dunkeln nach ihrem Rucksack und holte die Taschenlampe heraus. Doch sie funktionierte nicht. Hatte Jan nicht gesagt, er habe die Batterien ausgewechselt? Sie spähte nochmals nach draußen. Da war ein bläuliches Licht, das leicht flackerte. Vielleicht benutzten noch andere ihre Handys als Lichtquelle?

Der Junge schien sich beruhigt zu haben. Es war nichts mehr zu hören. Auch der Hund hatte aufgehört zu jaulen.

Julia saß da, ohne sich zu bewegen. Sie war hellwach, die Müdigkeit verschwunden.

Nach einer Weile, sie konnte nicht sagen, ob es mehrere Minuten waren oder nur ein paar Sekunden, setzte sich der Zug mit einem Ruck in Bewegung, gleichzeitig ging das Licht wieder an. Die Mädchen kicherten, und der Junge rutschte vom Schoß seiner Mutter herunter.

Als der Kondukteur vorbeikam, fragte ihn Julia nach der Ursache der Störung.

»Ein Stromausfall.«

»Hätte da nicht die Notbeleuchtung angehen sollen?«, entgegnete Julia.

»Stimmt, das hätte sie«, sagte der Mann mit der roten Umhängetasche und ging weiter.

KAPITEL 2

Die Präsenz der *Transalpin* war nicht zu übersehen. Bereits nach Mazzaselva waren die ersten Riesenplakate aufgestellt: *Schneller durch die Schweizer Alpen – Transalpin.*

Kurz vor Repiano sah man die Innereien des Novai-Tunnels: Unzählige Kubikmeter Aushub hatte man bereits aus dem Berg geholt und zu Zwischendeponien aufgetürmt. Wie ein riesiger Darm, der sich über die Landschaft entleert hatte. Daneben stand die Materialaufbereitungsanlage mit Beton- und Kieswerk.

In Repiano stieg Julia in einen Bus um. Unten im Tal lag Monda, dahinter schoss der Berg steil in die Höhe. Mit Sonne wurde man hier nicht verwöhnt. Ein paar Hundert Meter vom Dorf entfernt sah sie das Barackendorf. Der Bus schlängelte sich hinunter ins Tal. Die Haltestelle lag unmittelbar vor der Barriere, die den Weg zur Baustelle abriegelte. Dahinter war Fahrverbot.

Julia ging den Kiesweg entlang, er führte direkt zu den Holzbaracken. Die vorderste hatte vorne einen verandaähnlichen Anbau. Das musste der Haupteingang sein. Zu sehen war niemand. Sie stieg die Treppe hinauf, betrat die Baracke und befand sich in einer Schmutzschleuse. Hier zogen sich die Tunnelarbeiter um. Vor den in mehreren Reihen aufgestellten Spinden standen geputzte Stiefel. Manche der Metallschränke waren offen. Aus ihrem Inneren quollen orangefarbene Overalls. Der Boden war blitzsauber geputzt.

Julia fühlte sich ein wenig unbehaglich in ihren Wanderschuhen. Sie streckte zuerst das eine Bein nach hinten und betrachtete ihre Schuhsohle, dann das andere. Alles war sauber. Mehr oder weniger. Dann durchquerte sie den Raum, indem sie möglichst vorsichtig auftrat.

»Zutritt nur mit Hausschuhen. Gilt für alle.«

Julia erschrak. Hinter ihr stand eine vollschlanke Frau Ende zwanzig mit einer Schürze, die Hände hatte sie in die Seiten gestützt.

»Verzeihen Sie.« Julia machte sich daran, die Schuhe ausziehen.

»Die Bauleitung ist in der Kantine«, sagte die Frau schroff.

Julia sah sie fragend an.

»Kommen Sie!«

Die Kantine war einfach eingerichtet, lange Tische und Stühle, Neonröhren an der Decke. An den Wänden hingen Plakate und Fotos, die mit Klebstreifen auf Packpapier befestigt waren. Darauf sah man Arbeiter. Wie sie einander zuprosteten oder stolz vor dem Tunnelportal standen. Im Hintergrund prangte der Bergmannsgruß »Glückauf« mit den gekreuzten Werkzeugen Schlägel und Bergeisen. Einer der abgebildeten Männer hatte eine Girlande um den Hals hängen. Vielleicht der Arbeiter des Monats? Auf einer kleineren Aufnahme war der Bohrkopf der Tunnelbohrmaschine abgebildet. Das musste kurz nach der Montage gewesen sein. Er war rot mit weißen Schneidrollen. Bohrköpfe verließen ihre Firma nur in lackiertem Zustand, auch wenn nach ein paar Umdrehungen der ganze Lack ab war. Je nach Wunsch des Kunden in einer bestimmten Farbe. An der anderen Wand prangte ein großes Rauchverbotsschild.

In einer Ecke stand die heilige Barbara, die Schutzherrin der Tunnelbauer, umgeben von brennenden Kerzen. Daneben war das Foto eines ziemlich jungen Mannes aufgestellt, beleuchtet von zwei Grablichtern.

»Simon. Simon Brandl«, sagte die Frau, und Julia war sich nicht sicher, ob sie eine Träne abwischte oder einfach so mit den Fingern übers Gesicht fuhr. Julia traute sich nicht, noch näher heranzugehen, obwohl sie die Inschrift gerne gelesen hätte. Sie hatte das Gefühl, in etwas einzudringen, das sie nichts anging. Erst jetzt sah sie die Männer, die in einem mit Glasscheiben abgetrennten Raum rauchten und sie beobachteten. Julia trat ein paar Schritte vom Schrein zurück.

»Die Trauerfeier war vor zwei Tagen«, sagte die Frau. Sie schien etwas aufzutauen.

Julia hatte von Simon Brandl, dem Maschinenführer, gelesen. Ein Unfall. Der erste seit Beginn der Bauarbeiten vor anderthalb Jahren. Ein Toter auf zehn Kilometer. Oder 0,1 Tote pro Kilometer Tunnel. Das war wenig im Vergleich zu früher. Beim ersten Eisenbahntunnel in der

Region waren es zehn Tote pro Kilometer Tunnel gewesen. Das hatte sie irgendwo gelesen. Sie hasste diese Statistiken. Mit einer Zahl konnte man einem Menschenleben nicht gerecht werden. Trotzdem war es eine Tatsache.

»Ein guter Junge«, sagte die Frau. Eine Haarsträhne war ihr ins Gesicht gerutscht.

»Er war unter eine Kabelrolle gekommen, oder?«

»Das stand in den Zeitungen.« Die Frau strich sich die Strähne hinters Ohr und schwieg.

»Und?«

»Wenn Sie ihn gekannt hätten.« Die Strähne fiel ihr wieder ins Gesicht.

»Was wäre dann?«

»Keiner war vorsichtiger.« Sie löste ihren Haarknoten, steckte die Spange zwischen die Zähne, schüttelte die schwarzen Haare.

»Aber das kann doch jedem passieren, man passt kurz mal nicht auf, und dann …«

»Nicht Simon. Das war etwas anderes.«

»Wie meinen Sie das?«

»Das war der Berg.« Sie nahm die Haare zusammen, zwirbelte sie um sich selber und steckte sie mit der Spange wieder hoch.

Die Frau trat einen Schritt auf Julia zu. Julia betrachtete ihre Lippen. Sie waren ganz blau.

»Mein Herz.«

»Wie bitte?« Julia trat einen Schritt zurück.

»Die blauen Lippen. Es ist das Herz.«

»Ach so.«

»Maria, falls sich Frau Jansen bei Ihnen melden sollte, dann schicken Sie sie in die Stüva.« Ein groß gewachsener Mann stand hinter Julia. Er trug ein weißes Hemd, die Ärmel hatte er zurückgeschlagen.

»Ich bin Julia Jansen.« Julia streckte ihm die Hand hin.

Der Mann sah sie ungläubig an. »Bitte entschuldigen Sie. Ich habe Sie mir ganz anders vorgestellt.«

»Wie denn?«

»Vielleicht etwas größer? Und breiter?«, stotterte er.

»Keine Sorge. Ich muss die Maschine nur reparieren und nicht herumschieben.« Julia lachte.

»Ich bin Martin Stettler, der Baustellenleiter.«

Er hatte einen festen Händedruck.

»Hat Maria Sie schon eingeführt?«, fragte Stettler.

Die Frau, die offenbar Maria hieß, zuckte mit den Schultern und trottete davon.

»Das hier ist die Kantine. Hier essen die Mineure. Die Bauleitung trifft sich jeweils in der Stüva. Bitte folgen Sie mir. Es warten schon alle.« Er ging voraus durch einen schmalen Gang, der neben der Küche vorbeiführte. Sie kamen in einen mit neuer Täfelung ausgekleideten Raum. Die Tische waren aus Massivholz und mit einer dicken Schicht glänzendem Lack überzogen, vor den Fenstern hingen rot-weiß karierte Gardinen.

Das also verstand man in der Schweiz unter Gemütlichkeit, dachte Julia. Ihr hatte die Nüchternheit der Kantine besser gefallen.

Vier Personen saßen am runden Tisch in der Mitte des Raumes und sahen sie erwartungsvoll an. Alles Männer.

»Entschuldigen Sie, ich habe Sie gar nicht gefragt. Können wir gleich anfangen? Oder müssen Sie sich erst noch etwas frisch …?«, fragte Stettler.

»Wir können.« Julia setzte den Rucksack ab und kramte das Dossier hervor.

Stettler stellte ihr die Anwesenden vor. Zuoberst saß der wichtigste Mann, der Vorsitzende der Bauherrschaft, Ernst Weibel von *Transalpin*. Er wirkte athletisch und hatte aufmerksame Augen, die ihm etwas Verschmitztes gaben. Zu seiner Linken saß der Vertreter der *ARGE Cisalpin* – ein Zusammenschluss verschiedener Bauunternehmungen, eine Arbeitsgemeinschaft, die für den südlichen Bauabschnitt zuständig war: Direktor Jürg Lehner, ein kantiger, schmaler Mann mit spitziger Nase. Zu seiner Rechten der Bauleiter, Pietro Morettini, ein dunkelhaariger Mann, etwa in Julias Alter. Der vierte Mann musste Mitte dreißig sein: Remo Bergamin, Projektleiter und Ingenieur. Er hatte etwas Verkniffenes.

Die Besprechung dauerte etwa eine halbe Stunde. Viel Neues konnte Julia nicht erfahren, das meiste war bereits telefonisch besprochen worden. Tunnelbohrmaschine *Marta* hatte von einer Sekunde auf die andere den Geist aufgegeben. Zwar drehte der Bohrkopf noch, doch die Vortriebsgeschwindigkeit war zusammengefallen und lag bei null. Die Maschine kam keinen Zentimeter mehr vorwärts.

Marta war eine Tunnelbohrmaschine, die sich mit ihren Gripperplatten seitlich gegen die Tunnelwand verspannte. Gewaltige Hydraulikzylinder pressten den Bohrkopf mit hohem Druck an die Ortsbrust, die von den Schneidrollen zermalmt wurde. Mit jedem Bohrhub konnte sich die Maschine fast zwei Meter weit in den Fels fressen. Danach wurde der Bohrvorgang unterbrochen, die Gripperplatten gelöst, nach vorne gezogen und wieder neu verspannt. Das lange Hinterteil zog *Marta* wie einen riesigen Wurmfortsatz hintennach.

Am besten funktionierte *Marta* in solidem Fels. Unerwartete Gesteinsschichten waren laut Stettler keine aufgetreten. Dass der Fels an dieser Stelle etwas zerklüftet war, hatten Sondierbohrungen ergeben. Grund für das Verharren am Ort war dies jedoch nicht. Auch die Förderbänder, auf denen das von den Rollenmeißeln vom Berg abgekratzte Bohrgut abtransportiert wurde, liefen einwandfrei.

So wie es die Runde hier schilderte, musste irgendein Ventil kaputt sein. Der hydraulische Druck, der die Maschine vorwärtsschob, konnte sich nicht aufbauen. Die Frage war nur, welches der Ventile nicht mehr funktionierte. Typischerweise saßen weder die Maschineningenieure noch die Mechaniker oder der Maschinenfahrer am Tisch, sondern ausschließlich Bauingenieure, die nicht mit der Maschine arbeiteten. Dass sie von Tunnelbau eine Ahnung hatten, nicht aber von einer Tunnelbohrmaschine, konnte Julia ihnen jedoch nicht so einfach ins Gesicht sagen.

»Meine Herren, ich schlage vor, dass ich einen Augenschein nehme und mit den Arbeitern vor Ort spreche. Ich denke, wir kommen so nicht weiter.«

»Sie können gerne mit dem Fahrer der Maschine sprechen.« Stettler schaute lachend in die Runde. »Der wird Ihnen bestimmt viel erzählen.«

»Gut, wie komme ich da hin? Wir haben keine Zeit zu verlieren.« Julia erhob sich.

Etwas widerwillig verräumten die Ingenieure ihre Unterlagen.

»Am besten, wir fahren zum Zwischenangriff und gehen dann den Rest zu Fuß. Das ist am schnellsten«, sagte Stettler.

Julia hatte sich nach den ganzen Jahren noch immer nicht an das aggressive Tunnelvokabular gewöhnt. Zwischenangriff. Das tönte eher nach Krieg als nach einer Baustelle. Als ob der Berg ein Monster sei, das es zu bezwingen gälte.

Stettler begleitete Julia in den Umkleideraum und zeigte ihr ihren Spind in der hintersten Reihe.

»XS ist die kleinste Größe, die wir haben.« Er reichte ihr einen orangen Overall. »Schuhgröße?«

»37.«

Er hielt Julia ein Paar Stiefel Größe 39 hin. »Mit Extrasocken sollte das gehen. Einen Helm haben Sie ja selber dabei, wie ich sehe.« Er deutete auf ihren Rucksack. Dann reichte er ihr den Lebensretter – eine kleine schwarze Tasche, die eine Atemschutzmaske und Sauerstoff enthielt und die Julia sich mit einem Gürtel umband – sowie eine elektrische Stollenlampe.

Auf dem Parkplatz vor der *Cantina Tschiervi* stiegen sie in einen verbeulten Kleinbus, der einmal weiß gewesen sein musste. Nun war er mit einer dicken Staubschicht überzogen. Rost hatte sich ins Blech gefressen, die Feuchtigkeit des Tunnels war für die Fahrzeuge nicht optimal.

Sie fuhren die Strecke zurück, die Julia vorher mit dem Bus gefahren war, aber auf der anderen Seite des Tals. Sie saß vorne neben Remo Bergamin, der den Wagen lenkte, Stettler dirigierte das Fahrzeug von hinten. In den letzten beiden Reihen saßen der Chef der *ARGE Cisalpin* und der Bauleiter. Der Vorsitzende der Bauherrschaft hatte sich verabschiedet.

Kurz vor dem Eingang meldete Bergamin über Funk ihre Ankunft. An der Eingangspforte wurden sie durchgewinkt.

»So etwas haben Sie noch nicht gesehen, Frau Jansen«, sagte Stettler, zog sich am Vordersitz nach vorne, streckte seinen Arm zwischen den Rücklehnen durch und deutete mit dem Zeigefinger auf die Windschutzscheibe.

Julia sah zuerst gar nichts, die Scheibe war mit Staub bedeckt. Dann wurde ihr Oberkörper leicht nach vorne gedrückt.

»Zwölf Prozent Neigung – bergab!«, rief Stettler. »Der Zugangsstollen ist 2.7 km lang. Das macht dreihundertfünfzig Höhenmeter!«

Die Straße ging tatsächlich steil abwärts. Sie fuhren nicht in den Berg, sie fuhren in die Unterwelt. Alle paar Meter tauchten farbige Neonröhren auf.

»Rot für Technik, grün für Notausgang und blau für Wasser«, erklärte Stettler eifrig, als sei Julia das erste Mal in einem Tunnel.

Plötzlich polterte es. Ein Lastwagen donnerte ihnen entgegen und brauste vorbei.

»Wie schnell fährt der denn?«, fragte Stettler und lehnte sich nach vorn zu Bergamin.

»Keine Ahnung«, sagte dieser und schwieg.

Nach etwa zehn Minuten erreichten sie die Weströhre. Der Wagen kam zum Stehen. Ein Gewölbe öffnete sich wie eine riesige Basilika. In die Wand neben dem Eingang war eine Luke gehauen worden. Darin stand die heilige Barbara. Wie an jedem Tunnelportal. Julia hatte die Tunnelarbeiter schon oft beobachtet, wie sie beim Betreten des Tunnels kurz zur Statue blickten und sie um Schutz baten. Manchmal hatten sie Blumen dabei, die sie vor sie hinlegten. Der Sage nach war Barbara eine emanzipierte und intellektuelle Frau gewesen, die in einem Fels Schutz suchte und die ihren Glauben trotz aller Anfeindungen lebte. Dafür hatte sie mit ihrem Leben bezahlen müssen.

Hightech und Glaube stießen hier aufeinander: Tunnels wurden mit den modernsten Maschinen gebaut, über Erfolg oder Misserfolg des Vorhabens schien jedoch eine höhere Macht zu entscheiden.

Ein Bagger fuhr röhrend herbei und verdeckte den Schrein.

»Du kannst noch bis zu Kilometer neun fahren«, sagte Stettler zu Bergamin.

Sie bogen nach links ab. Nach ein paar Metern kam ein Blechtor. Bergamin stieg aus, öffnete es, fuhr hindurch und schloss es wieder hinter ihnen.

»Das ist für die Bewetterung«, erklärte Stettler. »Damit man die Luftzirkulation regulieren kann.«

Wie interessant, dachte Julia.

Der Kleinbus holperte weiter. Plötzlich drückte Bergamin auf die Hupe. Vor ihnen stand eine Gruppe von Menschen mitten auf der Straße.

»Was machen denn die da?! Das widerspricht allen Sicherheitsvorkehrungen!« Stettler lehnte sich zwischen den Sitzen nach vorne.

Bergamin hupte nochmals, die Personen stoben auseinander wie die Hühner, der Bus verlangsamte und hielt neben einer Frau, die als Einzige mit einer Lampe ausgerüstet war und die Leute anwies, zur Seite zu gehen.

»So, hast du deine Schäfchen im Griff?«, fragte Bergamin.

Die Frau lachte. Es war eine der Besucherführerinnen, die scherzhaft Bärenführerinnen genannt wurden und interessiertes Publikum in die Geheimnisse des Tunnelbaus einführten.

»Ist nicht immer einfach. Manchmal komme ich mir vor wie im Kindergarten – He, ihr zwei! Wir gehen alle miteinander und vor allem hintereinander, und nicht auf die nassen Stellen treten. Rutschgefahr!«, rief sie zwei Personen zu, die sich von der Gruppe entfernt hatten. »Ich muss los. Tschau.«

»Tschau«, sagte Bergamin und fuhr los. Stettler lehnte sich in seinen Sitz und sagte nichts mehr.

Beim nächsten Tor stiegen sie aus und gingen zu Fuß weiter.

»Noch hundert Meter, und wir sind da.« Stettler zog einen Plan aus der Tasche, faltete ihn auseinander und hielt ihn Julia vor die Nase. »Wir sind jetzt hier. *Marta*, die Tunnelbohrmaschine, befindet sich zurzeit etwa da. Normalerweise könnten wir hier natürlich nicht zu Fuß gehen. Hier fahren Schutterzüge. Doch weil *Marta* stillsteht, gibt es auch kein Gestein, das abtransportiert werden muss.«

Julia hörte Stettler nur mit einem Ohr zu. Sie konnte bereits *Martas* Hinterteil sehen. Doch sie hatten immer noch über vierhundert Meter zurückzulegen. *Marta* hatte eine Länge von vier Fußballfeldern. Der Bohrkopf war zuvorderst. Wie ein riesiger Wurm fraß sie sich durch den Berg. Das abgebaute Felsmaterial wurde von Öffnungen im Bohrkopf, den sogenannten Räumern, aufgenommen und auf ein Förderband gegeben, durch die Nachlaufkonstruktion transportiert und hinten ausgeschieden, auf Schutterzüge umgeladen und aus dem Berg herausgefahren.

Die Tunnelwände waren bereits mit Spritzbeton verkleidet, der Tunnelboden mit Sohltübbingen ausgelegt, auf denen die Schienen für die Schutterzüge montiert wurden. *Marta* war eine Riesenfabrik, bei der hinten der fertige Tunnel herauskam. Es fehlte nur noch die Bahntechnik.

Julia und Stettler liefen unter der Maschine durch Richtung Bohrkopf. Es war ungewöhnlich still. *Marta* musste abgestellt sein. Man hörte nur das Surren der hydraulischen Pumpen. Offenbar hatten die Maschineningenieure noch nicht aufgegeben, das kaputte Ventil zu finden. Im Nachläufer 1 kletterten Julia und Stettler aufs Podest und gingen auf der Maschine weiter, vorbei an den Düsen, die den Spritzbeton an die Tunnelwand schleuderten. Dann weiter zur Steuerkabine und zur Vortriebsmaschine.

Am Maschinenheck stiegen sie wieder in die Sohle hinunter und gingen Richtung Bohrkopf. Julia stieg hinein und untersuchte die Schneidrollen, zweiundsechzig massive Stahlrollen, die sich gefräßig in den Berg bohrten. Jeden Tag mussten einzelne ausgewechselt werden, der Fels hatte sie abgeschliffen. Doch diese hier waren wie neu.

Dann schaute sie sich das Gestein an, das zuletzt auf das Förderband gehievt worden war. Obwohl man Sondierbohrungen machte, konnte nicht mit allerletzter Sicherheit gesagt werden, was einen erwartete. Der Berg war oft unberechenbar. Jeder Tag im Tunnel war anders. Er konnte gut anfangen und schlecht enden. Oder umgekehrt. Das Schlimmste waren die weichen Gesteinsschichten. Wenn der Stein so teigig war, dass man ihn mit dem Löffel abschaben konnte, musste man den Baugrund zuvor mit Injektionen verfestigen, was mit Mehrkosten verbunden war. Und zu einer Verzögerung führte.

Doch das hier waren kleine, tellerförmige Stücke aus hartem Granit. Am Gestein konnte es nicht liegen. Es war genauso hart wie zurzeit der Schweizer Franken.

»Wann wurden zuletzt Schneidrollen gewechselt?«, wandte sich Julia an Stettler.

»Wie bereits in der Sitzung erwähnt, vor zwei Tagen.«

Julia war sicher, dass er das nicht gesagt hatte. Aber was soll's. Sie war es gewohnt, dass sich die Männer mit ihr anlegten. Das ging meist nach einer bestimmten Zeit vorüber.

»Ich möchte mit dem Maschinenführer sprechen.« Sie gingen zur Steuerkabine zurück, die sich etwa zwanzig Meter hinter dem Bohrkopf befand.

Ein kleiner, gedrungener Mann stieg die Metallleiter, die von der Kabine nach unten führte, herunter. Er strich seine Hand an der Hose ab und streckte sie Julia entgegen. »Antonio.«

»Julia Jansen.«

»Komm! Ich Ihnen zeigen.« Er schwang sich wieder auf die Maschine hinauf, Julia kletterte ihm hinterher, dann folgte Stettler.

»Bitte erzählen Sie mir möglichst genau, was passiert ist.«

»Aber ohne Abschweifungen«, ergänzte Stettler. Er stand direkt hinter ihr. Es war ziemlich eng in der Kabine. Julia drehte sich um. »Danke, ich werde Sie rufen, wenn ich Sie brauche. Momentan komme ich gut alleine zurecht.«

»Wie Sie meinen.« Stettler stieg wieder hinunter.

»Es waren etwa sechs Uhr Morgen. Gestern. Ich gerade Schicht übernehmen. Alles gut. Leute zufrieden. Laune gut. Tutti motivati. Weil wir machen Kilometer zehn. La metà! Ma poi …« Er stockte.

»Ja?«

Er bekreuzigte sich. »Es nicht schaffen.«

»Was ist passiert?«

Er nahm seinen Helm ab und fuhr sich durch die Haare, setzte ihn wieder auf. »Wir atten Vortriebsgesuindikeit 50–55 mm per minuto. Bei 700 mm Hub Vortrieb ist gestoppt. Ich gesehen auf Monitor«, er deutete auf einen der vier Monitore, »keine Penetration.« Er stockte und sah auf seine Füße. »Scusi, ich meine, Vortriebsgesuindikeit war zero.«

Julia hatte den Ausdruck nicht zum ersten Mal gehört. Doch hier in der engen Steuerkabine hörte es sich etwas seltsam an. Tunnelbrust, Penetration. Das Tunnelbauvokabular war nicht nur kriegerisch, es war auch sexualisiert.

»Und die Drehgeschwindigkeit des Bohrkopfes war konstant?«

»Si, molto costante. Und Vortrieb zurückgehen, wie jemand Stecker ziehen.«

»An der Stromzufuhr kann es nicht gelegen haben.«

»No, no. Tutto in ordine. Wir haben alles controllato. Ma …«

Er stockte wieder, bewegte seine Lippen, als ob er etwas sagen wollte und nach Worten suchen würde.

»Aber was?«

»Ich nicht genau kann sagen. Da war so eine Licht, eine blaue.«

»Blau?« Sie dachte eine Weile nach. »Das kann ich mir jetzt nicht erklären. – Und Sie haben nicht am Potentiometer gedreht, um den Vortrieb herunterzufahren?«

»Niente. Ich schwöre auf heilige Barbara.« Er küsste das silberne Kreuz, das um seinen Hals hing. »Ich nichts machen an diese Knopf.« Er deutete auf den schwarzen

Schalter, der aussah wie der Drehknopf eines Modelleisenbahn-Trafos.

»Okay. Wer war sonst noch auf der Maschine?«

»In Kabine nur ich. Andere hinten, fixieren Stahlgitter.«

»Ich werde mir die Ventile anschauen.« Sie verließ den Führerstand und stieg von der Maschine hinunter.

»Und? Schöne Geschichte, oder?« Stettler hatte unten gewartet. »Vielleicht war es die heilige Barbara, die mit ihrem blauen Zauberstab die Maschine …«

»Seien Sie doch still!« Julia schaute zu Antonio hoch, der ein unglückliches Gesicht machte. »Es ist sicher bloß ein defektes Ventil.«

»Bloß ist gut«, entgegnete Stettler.

»Wenn wir es gefunden haben, werden wir es einfach ersetzen.«

»Wenn.«

»Das lassen Sie mal meine Sorge sein«, sagte Julia.

»Brauchen Sie etwas?«, fragte Stettler.

»Ja, Antonio. Er kann mir helfen.«

KAPITEL 3

Es war Abend, als sie das defekte Ventil gefunden hatten. Sie setzten sich auf den Steg oben auf der Maschine. Antonio bot ihr die Hälfte seines Schinkensandwiches an. Julia nahm es dankbar entgegen. Wasser hatte sie selber dabei.

»Mein Vater immer sagen, Frauen Unglück bringen im Tunnel«, sagte Antonio mit vollem Mund.

»War Ihr Vater auch Mineur?«

»Ja, aber tot jetzt.«

»Ein Unfall?«

»No, no, gestorben in Bett.«

»Das tut mir leid.«

»Krebs. Eine Weile wir zusammen in Tunnel. Schöne Zeit.«

»Und Sie glauben das auch?«

»Was?«

»Dass Frauen im Tunnel Unglück bringen.«

»Ich nicht wissen. Ich immer bete zu Barbara. Jeden Tag bevor in Tunnel. Sie mich beschützen. Sie kennen Geschichte?«

»Ja, so ungefähr.« Julia zögerte. »Also nur in groben Zügen.«

Die heilige Barbara sei am Ende des dritten Jahrhunderts in Nikomedia geboren worden, erzählte Antonio. »Sie war la figlia von eine reiche mercante. Eine bellissima donna. Molto intelligente. Mit viele ammiratori. Ähm …«

»Verehrer?«, versuchte Julia zu übersetzen.

«Esattamente.« Als sie sich dem Christentum zuwandte, erzählte Antonio weiter, habe sie ihr Vater in einen Turm gesperrt. Vergeblich. Sie ließ sich heimlich taufen. Ihr Vater erfuhr davon und wollte sie töten lassen. Barbara floh und konnte in einen Felsspalt fliehen, der sich wie ein Wunder vor ihr öffnete. Doch ein Hirte verriet ihren Aufenthaltsort. Er wurde zur Strafe in einen Stein verwandelt, die Schafe in Käfer.

Der Vater lieferte seine Tochter dem römischen Statthalter Marcianus aus, der sie zum Tode verurteilte. Auch ihm war es nicht gelungen, Barbara von ihrem christlichen Glauben abzubringen. Er ließ sie aufs Grausamste foltern, mit Keulen schlagen, mit Fackeln brennen und ihr die Brüste abschneiden.

Antonio verstummte betroffen. Schaute auf seine Hände. Er schien die Qualen mitzufühlen. Julia verschränkte die Arme vor der Brust.

Mit geschundenem Körper sei Barbara nackt auf dem Markt den Blicken der Leute preisgegeben worden, fuhr Antonio fort. Auf ihr Gebet hin sei sie jedoch mit Wolken und Nebel bedeckt worden.

 Der Statthalter hatte Barbara zum Tode verurteilt. Der Vater vollstreckte das Urteil selber und enthauptete seine Tochter mit dem Schwert.

»Kurz darauf ein Blitz ihn treffen ...«

»Ich möchte euch nicht bei eurem Kaffeekränzchen stören, aber in einer Stunde geht das Fest los.« Stettler stand unten an der Maschine.

»Welches Fest?«, fragte Julia.

»Kilometer zehn.«

»Aber wir sind doch noch gar nicht ...«

»Sie können den Männern gerne selber sagen, dass ihr Fest nicht stattfindet, weil eure Maschine den Geist aufgegeben hat. Die haben sich die ganze Woche darauf gefreut. Habt ihr was herausgefunden?«

»Ein defektes Proportionalventil. Die Dichtung.«

»Und wieso läuft die Maschine noch nicht?«

»Wir nicht finden Ersatz«, sagte Antonio.

»Haben Sie im Ersatzteillager im Magazin nachgeschaut?«

»Sicuramente. Ich schicken Collega.«

»Das kann nicht sein. Ich schau selber nochmals nach. So ein Mist!«

In der *Cantina Tschiervi* war es laut. Rauch und Bierduft hingen in der Luft. Offenbar hatten sie zur Feier des Tages das Rauchverbot aufgehoben.

Alle Tische waren bis auf den letzten Platz besetzt. Stettler hatte sich ganz hinten zur Bauleitung gesetzt. Die Ingenieure feierten heute nicht in ihrer privaten Stube. Stettler machte keine Anstalten, Julia zu sich zu winken. Es war auch kein Platz mehr frei.

Antonio nahm sie am Ärmel und zog sie an einen Tisch, der ebenfalls voll besetzt war. Die Arbeiter schauten Julia skeptisch an. Dann sagte Antonio etwas auf Italienisch, worauf die Männer mit den Stühlen zusammenrückten, ein wenig widerwillig zwar, aber sie taten es. Einer verschwand und kam mit zwei Stühlen zurück.

»Sind alle hier aus dem Tessin?«, fragte Julia, nachdem sie sich gesetzt hatten.

»Nein, wir von Grigioni«, antwortete Antonio und winkte der Frau, die sie nach ihrer Ankunft getroffen hatte. »Maria, ancora due bicchieri e una bottiglia di vino rosso, per favore.«

Maria stutzte zuerst, als sie Julia sah, verschwand dann aber hinter dem Büfett.

Julia schaute Antonio fragend an. »Aber Sie sprechen doch italienisch.«

»Esattamente. Auch in Grigioni sprechen italienisch. In gewisse Täler. Nicht nur deutsch und rumantsch.«

»Grigioni?«

»Cantone Graubünden. Wenn gehen von hier direkt durch Berg«, er zeigte in Richtung des verglasten Raumes, »dann Sie kommen in mein Dorf in Valle Mesolcina. Direttissima.«

Antonio verstummte. Maria kam zurück, stellte die Gläser auf den Tisch. Als sie den Wein einschenkte, tätschelte er ihr das Bein. Maria ließ es sich gefallen. Julia starrte die beiden an. Der Mann, der neben ihr saß, stieß sie mit dem Ellbogen an und schnalzte. »È la sua fidanzata«, sagte er.

»Wie bitte?«, fragte Julia.

»Keine sexuelle Belästigung. Sie ist seine Verlobte.« Er lächelte sie an. Oder lachte er sie aus?

»Wieso sprechen Sie so gut deutsch?«, fragte Julia.

»Meine Mama kommt aus der Deutschschweiz. Ich bin Sandro.« Er hatte rabenschwarze Haare und dunkle Augen. »Und Sie sind die Frau, die die Maschine wieder zum Laufen bringt?«

»Das hoffe ich doch.«

Er hob das Glas und stand auf. »Auf die Frauen und die Maschinen. Und die Tunnels. Viva!«

»Viva!«, tönte es durch den Saal.

»Prost!«, sagte Julia in die Runde.

Die anderen Männer am Tisch hoben die Gläser und prosteten ihr zu, ein paar, ohne sie dabei anzuschauen.

Es gab Schinkli mit Kartoffelsalat, zum Nachtisch Tiramisu. Sandro hatte sich wieder seinen Kollegen zugewandt, die dem Gelächter zufolge Witze erzählten oder Sprüche klopften.

Antonio schilderte Julia seine ganze Familiengeschichte, angefangen mit dem Urgroßvater, der ausgewandert und dann wieder zurückgekommen war. Immer wieder wurden sie von Maria unterbrochen, die zu Antonio etwas auf Italienisch sagte. Meist schüttelte er nur den Kopf.

Einmal fragte Julia Maria, ob sie ein Glas Leitungswasser haben könne. Wortlos nahm sie die Bestellung entgegen und brachte das Glas mit der Bemerkung, normalerweise würde man hier nicht bedient. Antonio zuckte mit den Schultern und lächelte entschuldigend.

»Die Chefs wollen noch einen Nachschlag Tiramisu!«, rief Andrea Maria zu, als sie mit einem Stapel dreckigem Geschirr in die Küche kam.

Auch das noch. Wieso konnten sich die Männer nicht wie immer selber bedienen? Das war doch wieder mal eine Schnapsidee ihrer Chefin. Alle kamen zusammen zur selben Zeit, was sie sonst nie taten. Und sie waren mit Bedienen nur zu dritt.

Maria nahm ein Tablett, stellte sechs Desserts darauf und ging zum Tisch, an dem die Bauleitung saß.

»Meinst du, die hat was drauf?«, hörte sie einen Arbeiter am Tisch hinter ihrem Rücken fragen.

»Also schlecht sieht die nicht aus«, sagte ein anderer.

»Ich meine, ob sie die Maschine wieder in Schwung bringt«, korrigierte der erste.

»Mit so einer zierlichen Statur?«

»Da ist doch vor allem der Kopf gefragt«, meinte ein anderer.

»Und der ist wirklich hübsch.«

Maria hatte genug gehört. Sie stellte die Teller scheppernd auf den Tisch. Männergeschwätz. Und so gut sah die Frau auch nicht aus. War ja nichts dran an der.

»Eine richtige Powerfrau«, sagte einer der Männer weiter.

»Du meinst so, wie man sich eine Deutsche vorstellt.«

»Was soll das nun heißen?«

Maria stapelte die leeren Teller aufeinander, warf den Männern am Tisch hinter ihr einen bösen Blick zu und ging in die Küche zurück.

Das Zimmer war etwa zwei mal drei Meter groß und zweckmäßig eingerichtet. Ein Bett, ein Schrank, ein Tisch, ein Stuhl sowie ein Kühlschrank. Der Boden aus braun gesprenkeltem Linoleum. Der Bettbezug lag auf dem Stuhl. Über der Lehne hing ein Frottiertuch. Julia gähnte. Es war bereits kurz vor eins. Sie löschte das Licht, zog die Vorhänge auf und öffnete das Fenster. Der Mond schien ins Zimmer, eine weiße Kugel, Grillen zirpten. Von Weitem hörte sie Männerstimmen und Gelächter. Im Haus war es still. Sie hatten sie im ersten Stock in Trakt D im hinteren Haus einquartiert. Sie war die einzige Bewohnerin. Im Erdgeschoss war die Wäscherei.

Sie setzte sich aufs Bett, schaltete das Laptop ein und rief ihre Mails ab. Eine Kollegin aus der Firma wünschte ihr viel Glück für ihren Außeneinsatz, sonst nur ein paar Newsletter und Spam. Von Jan war nichts dabei.

Julia klappte den Computer wieder zu, nahm ihr Necessaire und ging in den Waschraum, der ihrem Zimmer gegenüber lag. An den Längsseiten war je eine lange Chromstahlspüle mit fünf Wasserhähnen angebracht. Die Fliesen am Boden glänzten weiß, kein Staubfussel war zu sehen. An der kurzen Seite des Raumes standen drei Duschkabinen.

Julia nahm die mittlere. Die Kleider legte sie auf den einzigen Stuhl im Raum. Als sie fertig war, bemerkte sie, dass sie das Frottiertuch in ihrem Zimmer hatte liegen lassen. Mit den verschwitzten und mit Tunnelstaub verdreckten Kleidern wollte sie sich aber nicht abtrocknen. Sie stieg aus der Dusche und ging sachte in großen

Schritten Richtung Zimmer, um möglichste keine Wasserlachen zu hinterlassen. Vergeblich.

Vor der Zimmertür hielt sie inne. Da war ein Rascheln. Es kam aus ihrem Zimmer. Sie stieß die Tür auf. Ein Rabe flog vom Fenstersims in die Nacht hinaus. Julia schloss das Fenster und zog die Vorhänge zu. Dann trocknete sie sich ab, streifte ein T-Shirt über, bezog das Bett und legte sich hinein.

Sie konnte nicht einschlafen. Sie musste an *Marta* denken. Stettler hatte vor dem Fest das ganze Ersatzteillager auseinandergenommen und vergeblich nach dem Proportionalventil gesucht. Vielleicht war es gestohlen worden oder verloren gegangen. Das sprach nicht unbedingt für eine gut organisierte Baustelle. Julia blieb nichts anderes übrig, als das Ersatzteil in Deutschland zu bestellen. Doch das dauerte sicher ein paar Tage. Sie würde morgen als Erstes ihre Firma anrufen. Plötzlich kamen ihr die Wasserlachen in den Sinn. Aber sie hatte keine Lust, nochmals aufzustehen.

—

Er beobachtet die Frau, wie sie die Wohnbaracke betritt. Schleicht ihr nach. Sie geht in ihr Zimmer. Er versteckt sich hinter einem Wäschewagen, der ganz hinten im Flur steht. Lange muss er warten. Dann kommt sie endlich. Geht in den Waschraum. Er hört, wie sie duscht. Aber er kann nicht hineingehen, er muss in seinem Versteck bleiben. Von hier aus hat er den Überblick. Dann kommt sie wieder heraus. Sie ist nackt. Sind das Sommersprossen auf ihrem Rücken? Das hat er noch nie gesehen. Punkte, die den Körper herunterrieseln. Sie geht wie in Zeitlupe mit großen Schritten zu ihrem Zimmer. Oder stellt er sich das nur vor? Vor der Tür bleibt sie stehen. Für ihn. Damit er sie in Ruhe anschauen kann. Sie scheint zu horchen. Hat er sich etwa verraten? Doch sie schaut nicht in seine Richtung. Das Geräusch muss aus ihrem Zimmer kommen. Sie drückt die Klinke und verschwindet im Raum. Er bleibt noch eine Weile hinter dem Wäschewagen sitzen. Dann geht er den Flur entlang an ihrer Tür vorbei und verlässt das Gebäude.

KAPITEL 4

Die Sonne schien ihr direkt ins Gesicht. Julia schreckte auf, drehte sich zur Seite, griff nach der Uhr, die auf dem Tisch lag. Viertel vor acht! Um acht wollten sie los.

Schnell nahm sie ein sauberes T-Shirt aus dem Rucksack und zog es über, dazu die Jeans vom Vortag. Sie war gestern Abend zu müde, um auszupacken, das würde sie heute nach der Arbeit tun.

Das nasse Frottiertuch, das über der Stuhllehne hing, erinnerte sie an die Wasserlache im Flur. Die sollte sie noch aufwischen. Aber dazu war jetzt keine Zeit. Sie wollte unbedingt ihre Mails checken, und schließlich würde das Wasser auch niemanden stören, sie war die Einzige hier. Vielleicht hatte Jan ihr geschrieben. Sie startete den Computer, öffnete das Mailprogramm. Wieder nichts. Rasch schrieb sie ihm ein paar Zeilen.

Dann stand sie auf, öffnete die Tür, starrte auf den Boden. Er war nicht nur nass, sondern auch verschmiert. Eine Fußspur führte von rechts nach links den Flur hinunter. Der Abdruck glich dem Profil der Stiefel, die die Mineure trugen. Julia schätzte Größe 43. Wohnte doch noch jemand in Trakt D? Und wieso hatte er die Schuhe nicht im Umkleideraum gelassen?

Sie setzte gerade zu einem großen Schritt an, da klingelte ihr Handy. Stettler wollte wissen, wo sie blieb.

Datum: Freitag, 6. Juli 2012 07:52
Betreff: Monda
Mein Liebster,
ich bin gut in Monda angekommen. Die Leute hier sind nett. Das Tal ist etwas eng und verbaut mit Autostraße, Bahnlinie und Autobahn. Aber man kann ja auch auf die Berge steigen. Ob ich Zeit dazu habe, wird sich zeigen. Die Arbeitstage sind ziemlich lang. Heute habe ich vom Fenster aus einer Amsel zugesehen, wie sie einen Wurm aus dem Boden gezogen hat. Die Bergwiesen sind voll bunter Blumen. Aber jetzt muss ich los. Die Arbeit wartet.
J.

Auf dem Weg in die Kantine rief sie ihre Firma an und bestellte das Proportionalventil. Sie versprachen, es möglichst rasch zu schicken.

In der Stüva war das Frühstück bereits wieder abgedeckt worden. Maria sah Julia mit einem schiefen Blick an und deutete auf den Kantinenraum.

»Kaffee steht da.«

Julia füllte einen Pappbecher und schnappte sich ein Croissant, das einsam auf einem Teller lag.

Stettler wartete auf dem Parkplatz vor der Kantine. Er lehnte am Bus, die Arme verschränkt.

»Ausgeschlafen?«, fragte er.

Julia stieg in den Bus, ohne ihm eine Antwort zu geben. Diesmal saß sie hinten. Stettlers Fuchtelei würde sie heute nicht ertragen. Doch es kam noch schlimmer. Er wandte sich um und rechnete ihr vor, was es pro Tag kostete, wenn *Marta* stillstand.

Sie ging nicht darauf ein. »Ich habe ein neues Ventil bestellt. Inzwischen werde ich versuchen, das defekte Teil zu flicken.«

»Und wie lange dauert das?«

»Keine Ahnung. Bis Mittag, wenn wir Glück haben. Oder bis heute Abend.«

»Und was mache ich mit den Arbeitern?«

»Woher soll ich das wissen? Den einen geben Sie einen Tag Urlaub, für die anderen gibt es sicher weitere Beschäftigungsmöglichkeiten. Es gibt doch immer etwas zu tun auf einer Baustelle.« Sie hatte selber genug zu erledigen. Musste sie sich jetzt auch noch mit Stettlers Problemen herumschlagen? Der sollte lieber für Ordnung auf seiner Baustelle sorgen.

Antonio wartete bereits bei *Marta*. Er war mit dem Personenzug – dem TGV, wie sie ihn nannten – in den Schacht gefahren. Wobei das V nicht für »vitesse«, sondern für »vibration« stand. Es schien, als freue Antonio sich, sie zu sehen. »Ciao bella! Was wir machen heute?«

»Wir versuchen, das Ventil provisorisch zu flicken.«

»Und wie?«

»Ich werde versuchen, die Braue abzuschleifen.«

»Che bella idea!«

Zwei Stunden später begann der Boden zu vibrieren. Der Bohrkopf hatte sich zu drehen begonnen und drückte in den Berg. Der Lärm war ohrenbetäubend.

Julia setzte den Gehörschutz auf, Antonio drehte das Potentiometer für den Vortrieb hoch.

Eine Gruppe von Männern kam herbeigerannt. Verwunderung in den Gesichtern. Auch Stettler war dabei. Er schrie ihr etwas ins Ohr, das sie nicht verstand.

»Sie können Ihre Männer bringen!«, schrie sie ihn an.

»Für wie lange?«, fragte Stettler. Diesmal verstand sie ihn.

Julia zuckte mit den Schultern. »Das werden wir sehen.«

»Besprechung um zwei Uhr in der Stüva.« Er deutete auf seinen linken Arm, obwohl die Armbanduhr nicht zu sehen war.

»Okay.« Julia gab Antonio noch ein paar Anweisungen, dann stieg sie von der Maschine hinunter und ging zum Ort zurück, wo sie am Morgen geparkt hatten. Doch der Bus, der sie hergebracht hatte, war nicht mehr da. Und der TGV soeben abgefahren. Er holte die Arbeiter vom Südportal ab.

Es war weit bis zum Barackendorf. Aber Julia hatte keine Lust, Stettler nach einer Fahrgelegenheit zu fragen. Wenn sie den Weg über den Zwischenangriff nehmen könne, träfe sie vielleicht jemanden, der sie mitnehmen würde. Sie zog ihren Rucksack an und marschierte los. Der Boden war nass, an der Seite des Stollens sickerte Wasser. Bergwasser. Wie Wundwasser, das aus einer Verletzung floss. Was natürlich nicht stimmte.

Der Berg war kein lebender Organismus. Da waren physikalische Kräfte am Werk, der Berg drückte das Wasser heraus.

Sie kam zur ersten Schleuse und stieß sie auf. Ein warmer Luftzug kam ihr entgegen. Sie ging weiter. Irgendwo kullerte ein Stein zu Boden. Nach dem zweiten Tor bog sie in den Zwischenangriff ein. Die Lampen, die in verschiedenen Neonfarben leuchteten, hatten etwas von einer Kunstinstallation. Von Weitem hörte sie ein dumpfes Donnern. Zuerst wusste sie gar nicht, aus welcher Richtung es kam.

Es wurde immer lauter. Und heller. Dann sah sie hinter sich zwei Scheinwerfer. Ein Lastwagen. Der würde sie sicher mitnehmen. Sie stellte sich mitten auf die Straße und winkte ihm zu. Doch er verlangsamte nicht. Im Gegenteil, er gab Gas. Oder kam ihr das nur so vor?

Sie sprang zur Seite, landete auf dem Bauch und stieß sich die Stirn an einem Stein. Der Lastwagen donnerte vorbei. Sie spürte etwas Nasses die Stirn herunterfließen. Sie setzte sich auf, tupfte mit dem Mittelfinger auf die Flüssigkeit. Es war Blut, das ihr übers Gesicht lief. Ihr wurde schwindlig, das grüne Licht der Neonlampe irritierte sie.

Aber was machen all die Fledermäuse hier?, dachte sie noch, dann wurde alles schwarz.

—

Sie liegt da und rührt sich nicht mehr. Soll er zu ihr hingehen, ihr das Blut vom Gesicht wischen, den Nacken mit etwas Wasser kühlen? Ihr etwas zu trinken geben?

Ohnmächtigen soll man nichts einflößen. Das hat er irgendwo gehört. Vor allem aber möchte er sich nicht verraten. Noch nicht.

—

»Hallo! Julia!« Jemand rüttelte an ihrer Schulter. Dabei war alles gerade so schön. Schwerelos, warm, entspannt.

»Lass mich«, hörte sie sich sagen.

Das Rütteln wurde heftiger. Sie öffnete die Augen. Zuerst sah sie nur einen roten Helm, darunter ein dunkles Augenpaar.

»Was ist denn passiert?«, fragte Sandro.

»Keine Ahnung. Da waren Fledermäuse.«

»Fledermäuse? Kaum, das ist denen zu feucht hier drin. Und vor allem zu laut.«

»Und ein Lastwagen. Ich wollte mitfahren. Aber er hat nicht angehalten.«

»Ist auch keine offizielle Haltestelle hier.« Sandro lachte. »Kannst du aufstehen?« Er packte sie am Oberarm und zog sie mühelos in die Höhe. Ihre Knie waren etwas zittrig, und im Kopf schlug ein großer Hammer gegen ihre Schläfen.

»Komm, mein Lieferwagen steht da hinten.« Er wollte sie stützen, doch sie machte sich los. »Es geht schon.«

»Vielleicht hat er dich einfach nicht gesehen.«

»Kann sein«, sagte Julia. Erst jetzt merkte sie, dass ihre Stirnlampe immer noch brannte.

Stettler sprang vom Stuhl auf, als er sie sah. »Was ist denn mit Ihnen passiert!«

Bergamin, Lehner und Morettini glotzten Julia stumm an.

Die Schramme war größer, als sie gedacht hatte. Sie war zwar nicht tief, reichte aber von der Stirn über die Nasenwurzel bis zur Wange. Sandro hatte sie in ihren Trakt gebracht und ihr im Waschraum das Blut weggewischt, obwohl sie sagte, das könne sie selber. Aber er blieb hartnäckig. Geschickt war er mit einem Wattebausch über ihre Stirn gefahren und hatte ihr ein Pflaster über die Wunde geklebt, das aus einem Notfallkästchen im Flur stammte.

Julia erzählte vom Zwischenfall mit dem Lastwagen. Dass sie ihn hatte anhalten wollen.

»Sie haben sich mitten auf die Straße gestellt?«, fragte Stettler. »Aber Sie kennen die Sicherheitsvorschriften in Tunnels schon. Sonst kann Ihnen Herr Bergamin gerne noch eine Kopie geben.« Remo Bergamin nickte.

»Er ist mit überhöhter Geschwindigkeit gefahren«, sagte Julia.

»Und bitte schau, dass wieder Geschwindigkeitskontrollen gemacht werden. Und Alkoholtests.«

»Aber das ist nicht meine …«, erwiderte Bergamin.

»Nichts aber«, fiel ihm Stettler ins Wort. »Das ist nun schon der zweite Unfall innerhalb kürzester Zeit. So was kommt nicht mehr vor. Nicht in meinem Tunnel.« Er schlug auf den Tisch. Alle schwiegen.

»Und Sie melden sich beim Dorfarzt!«

»Das ist nicht nötig«, sagte Julia.

»Doch, das ist es. Ich bin für Sie verantwortlich.«

»Gut. Können wir jetzt zum eigentlichen Thema kommen?«

»Das können wir«, sagte Stettler.

»Ich konnte das Ventil flicken ...«

Maria kam herein und brachte den Männern Kaffee, ohne Julia zu fragen, ob sie auch einen wollte.

»... und die Maschine läuft wieder«, fuhr Julia fort, als Maria wieder gegangen war.

»Das haben wir gesehen. Und?«, fragte Stettler.

»Ich habe keine Ahnung, wie lange das Ventil hält. Es muss so schnell wie möglich ein Ersatz her.«

»Den haben Sie hoffentlich bestellt.«

»Das habe ich Ihnen bereits ...«

»Und wie lange dauert es, bis das Teil hier ist?«, unterbrach sie Morettini, der Bauleiter.

»Sie schicken es so schnell wie möglich.«

»Und was soll das heißen, bitte schön? Ist das ein Termin?«, fragte Stettler.

Julia schüttelte den Kopf. Sie bedauerte es sogleich.

»Na bravo«, meinte der dürre Lehner von der *ARGE Cisalpin*. »Ein Stillstand kostet uns täglich Zigtausende von Franken. – Oder euch.«

Julia stöhnte.

»Konnten Sie wenigstens herausfinden, was die Ursache war?«, fragte Stettler.

»Nein«, antwortete Julia.

»Was, nein.«

»Ein Materialfehler ist es nicht. Sehr wahrscheinlich durch Staub und Dreck verursacht.«

»Etwas anderes hätte ich auch nicht erwartet. Das müssen Sie ja sagen«, meinte Lehner.

»Auch eine Fehlmanipulation kann ausgeschlossen werden«, fuhr Julia fort.

»Das hoffe ich doch«, sagte Stettler.

»Ist das ein Fall für die Versicherung?«, fragte Bergamin.

»Bitte klär mal ab, wie die Rechtslage ist. Und ob wir die *Tunneling Corp.* belangen können.«

Julia tat, als hörte sie die letzte Bemerkung nicht. »Dann war's das für heute?« Sie erhob sich, ohne eine Antwort abzuwarten. Der Hammer schlug an beiden Schläfen gleichzeitig zu.

Sie strauchelte durch die Kantine und ging nach draußen. Das grelle Licht schmerzte bis hinter die Augen, ihr wurde übel. Wasser sammelte sich in ihrem Mund, die Arme kribbelten, dann schien sich der Magen zu heben. Sie schaffte es gerade noch bis zum Findling, stützte sich darauf ab und erbrach sich. Als sie den Kopf hob, sah sie Maria, die sie anglotzte. Sie wollte sich entschuldigen, doch da kam schon der nächste Schwall.

Julia ging in ihr Zimmer, schloss die Jalousie, zog die Vorhänge zu, ließ sich aufs Bett fallen. Gerne hätte sie mit Jan gesprochen. Doch sie schaffte es nicht, nochmals aufzustehen und ihr Handy zu holen. Sie schlief sofort ein.

50 Sie sind kurz vor dem Durchstoß. Auf der Tunnelbrust prangt das Logo der *Transalpin*. Ein Orchester spielt, Politiker haben angespannte Mienen. Ein Mann

mit Mikro rennt herum. Alle starren sie auf die Wand und warten auf *Marta*, dass sie sie von hinten durchstößt, ihre zweiundsechzig Zähne zeigt. Julia ist auf der anderen Seite. Mit Antonio im Führerstand. Die Maschine läuft auf Hochtouren. Doch sie kommen nicht vom Fleck. Die Förderbänder sind leer. *Marta* bewegt sich keinen Zentimeter vorwärts, sie gräbt auf der Stelle. Jetzt hört Julia Rufe von der anderen Seite. Buhrufe. Das Publikum läuft zur Tunnelbrust und poltert an die Felswand. Tock, tock, tock.

Es klopfte an der Zimmertür. Julia setzte sich im Bett auf. »Ja?«, rief sie heiser.

Es klopfte nochmals. Sie rief lauter: »Ja, bitte?«

Ein Mann in einem kurzärmligen Hemd stand in der Tür. In der Hand trug er eine Tasche. »Mein Name ist Conrad, ich bin der Dorfarzt. Darf ich eintreten?«

Julia nickte. Sie hatte einen bitteren Geschmack im Mund. Auch im Zimmer roch es säuerlich. Vor dem Bett stand ein Kübel mit Erbrochenem. Beschämt fuhr sie sich mit dem Ärmel über den Mund. Sie konnte sich nicht mehr erinnern, wie der Eimer dorthin gekommen war.

Der Arzt setzte sich auf den Stuhl und stellte seine Tasche neben sich auf den Boden.

»Herr Stettler hat mich informiert. Ich würde Sie gerne untersuchen, wenn Sie erlauben.« Er kramte in der Tasche und nahm einen Stift hervor. Julia schob den Kübel beiseite. Er bat sie, sich auf den Rücken zu legen, setzte sich auf die Bettkante, leuchtete ihr in die Augen, nahm ihren Kopf in beide Hände und bewegte ihn sachte nach links und rechts, nach unten und oben. »Wie ist es genau passiert?«

Julia erzählte, wie sie zur Seite gesprungen und auf dem Stein gelandet war.

»Waren Sie bewusstlos?«

Julia nickte. Der Arzt erhob sich. »Sie haben eine Gehirnerschütterung, damit ist nicht zu spaßen. Ich werde alle zwei Stunden bei Ihnen vorbeischauen.«

Er nahm seine Tasche und verabschiedete sich.

Julia schlief wieder ein. Diesmal träumte sie von der heiligen Barbara, die einen Nixenschwanz hatte und ihr davonschwamm, verschwand und plötzlich wieder erschien. Dann tauchte sie ab, immer tiefer und tiefer. Auf einmal sah Julia ein helles Licht, das direkt auf sie zukam.

Der Arzt blendete ihr zuerst in das eine Auge, dann in das andere, versicherte, dass alles in Ordnung sei, und verschwand wieder.

KAPITEL 5

Als sie das nächste Mal erwachte, bückte sich wieder eine Gestalt über sie. Der Arzt konnte es nicht sein, der hatte keine langen Haare. Und trug auch keinen Holzstiel mit sich herum. Die Gestalt zuckte zurück, als Julia sich aufsetzte.

»Entschuldigung. Wollte nur sehen, ob Sie okay sind.« Es war Maria mit einem Besen in der Hand.

Durch die Ritzen der Jalousie fielen Sonnenstrahlen. Es musste bereits Morgen sein.

»Danke, es geht mir gut.« Julia war etwas überrascht von der plötzlichen Fürsorge Marias.

»In einer halben Stunde würde ich hier gerne putzen«, sagte Maria und verschwand.

Julia schaute auf die Uhr. Es war bereits zehn.

Die Schritte kehrten zurück, es klopfte an der Zimmertür.

»Ja?«

»Muss Ihnen noch etwas ausrichten. Vom Arzt. Sie sollen heute Morgen in seine Praxis kommen.«

»Und wo ist die?«, wollte Julia fragen, doch Maria hatte das Zimmer bereits verlassen, die Tür zog sie schwungvoll hinter sich zu, sodass sie mit einem lauten

Knall ins Schloss fiel. Julia hielt sich die Ohren zu. Doch es war zu spät.

Sie duschte und zog sich an. Beim Zähneputzen blickte sie kurz in den Spiegel und beschloss, keine Schminke aufzutragen, das hätte heute sowieso niemand bemerkt. Ihr Gesicht war aufgequollen und sah aus wie eine Kartoffel. Bevor sie in die Kantine ging, checkte sie noch schnell ihre Mails. Jan hatte nicht geantwortet.

Die *Cantina Tschiervi* war beinahe leer. Die zweite Schicht schlief, die erste war bereits seit Stunden im Tunnel. Hinter der Glasscheibe saßen zwei Arbeiter und rauchten. Julia hatte die beiden noch nie gesehen. Vielleicht waren es Arbeiter der dritten Schicht, der Wartungsschicht. Sie würden schon bald schlafen gehen.

Julia ließ einen Kaffee heraus und setzte sich an einen der leeren Tische. Als Maria vorbeikam, fragte sie, ob es noch Croissants gebe. Maria schüttelte den Kopf. Nach einer Weile kam sie mit einem Teller mit zwei Scheiben frischem, noch warmem Brot zurück und stellte ihn wortlos vor Julia hin.

Sie wurde nicht klug aus dieser Frau. Sie schien ein gutes Herz zu haben, wollte sich das aber nicht eingestehen. Julia hätte sie gerne besser kennengelernt.

Vor der Kantine saß ein Mann in Trainingshose auf einem Stuhl und hielt sein Gesicht in die Sonne. Am Fuß trug er einen Verband. Julia ging zu ihm hin. Er schaute sie an und verzog das Gesicht. »Des schaut net gut aus.«

»Sie machen aber auch nicht den Eindruck, als könnten Sie auf Berge steigen.«

»I bin der Max«, sagte er, gab ihr die Hand und deutete auf seinen Fuß. »Da is a Kettn draufgfalln. – Und Sie san die Frau, die die *Marta* wieder zum Laufen gebracht hat. Aber setzn'S Eana doch, es wär mir eine Ehre.« Er deutete auf den leeren Stuhl. Julia nahm das Angebot gerne an. Sie fühlte sich immer noch etwas schwach auf den Beinen.

»Sie sind aus Österreich?«

»Wie die meisten von uns.«

»Das hab ich gehört. Es sollen ganze Täler sein, die hier arbeiten.«

»Sie meinen das Tal der tausend Gummistiefel. – Is auch ein guter Beruf. Und verdienen tut man. Dafür müsst ma in Österreich gleich ein Studium habn.«

»Wie lange sind Sie jeweils hier?«

»Sieben Tage arbeitn, ein Tag frei – sieben Tage arbeitn, zehn Tage z'Haus.« Er holte eine Packung Zigaretten aus seiner Trainingshose und streckte sie ihr entgegen. »Mogst a?«

»Danke, ich rauche nicht.«

»I sollt a net.«

Sie schaute auf seine linke Hand. »Sie sind verheiratet.«

»Ja, i bin nimmer zum habn.« Er lachte. »A Frau und zwa Töchter.«

»Ist das nicht schwierig?«

»A geh. Man gwöhnt si dran. Vermissn is a was Schöns. Und wenn i daham bin, bin i daham. Des is dann Urlaub pur. Und die Frau is a froh, wenn sie ihre Sachn machn kann. Gut, es kann auch mal schiefgehen. Wie beim Kollegen. Da hat sich die Frau an andern gnommen, als der weg war. Des is hart.«

Julia schaute auf die Uhr. Inzwischen war es bereits nach elf. »Sie wissen sicher, wo Doktor Conrad wohnt.«

»Der Conrad. Des is ganz simpel. Sie gehn einfach durchs Dorf durch, und dann is es das letzte Haus auf der linken Seite der Straße.«

Julia erhob sich.

»Glück auf!«, sagte der Mann und hielt sein Gesicht wieder der Sonne entgegen.

Die meisten Häuser waren aus Holz. Strickbauten, die Balken von der Sonne schwarz gebrannt. Auf einer Veranda stand eine ältere Frau und beugte sich über Geranien, die in vollem Rot leuchteten.

»Die sind aber schön«, sagte Julia. »So eine Farbe sieht man selten.«

»Das ist der Hühnermist«, sagte die Frau und schaute Julia erschrocken an. »Was ist denn mit Ihnen passiert?«

»Ein Unfall.«

»Ja, ja, diese Kletterer, ich habe schon öfter ged…«

»Nicht auf dem Berg. *Im* Berg drin. Im Tunnel.«

»Sie arbeiten da?«

Eine schwarze Katze, die in einer der Geranienkisten gelegen hatte, streckte sich und balancierte der Brüstung entlang auf die Frau zu.

»Ja, ich arbeite für die Firma, die die Tunnelbohrmaschine gebaut hat.«

»Ach so.« Die Frau schien das Interesse am Gespräch verloren zu haben und wendete sich ihrer Katze zu, strich ihr mit der Hand über den Rücken.

Julia wollte gerade einen schönen Tag wünschen und weitergehen, als sie die Frau leise sagen hörte: »Das ist nicht gut.«

»Was ist nicht gut?«, fragte Julia.

»Sie.«

»Ich? Sie meinen Frauen im Tunnel. Das ist doch eine alte Geschichte.« Julia lachte.

»Nein, was Sie da machen.«

»Was mache ich denn?«

»Haben Sie sich schon mal überlegt, was es heißt, Löcher in einen Berg zu bohren? Haben Sie sich gefragt, ob der Berg das mag?«

»Aber der Berg ist doch kein Wesen.«

»Berge gab es schon vor den Menschen. Es waren riesige Kräfte, die sie aufgetürmt haben. Meinen Sie, davon ist heute nichts mehr zu spüren?«

Die Katze kraxelte mit den Vorderpfoten immer wieder an der Frau hoch. Schließlich nahm sie sie auf den Arm.

»Klar spürt man das immer noch. Der afrikanische Kontinent driftet immer noch auf uns zu. Aber das ist doch nur totes Material«, erwiderte Julia.

»Und die Unfälle?«

»Menschliches Versagen.«

»Der Berg wehrt sich.«

Eine junge Frau mit einem Kind auf dem Arm trat aus dem Haus auf die Veranda. »Aber, Mutter, was erzählst du denn? Wir sind doch froh um die Baustelle, das gibt Arbeitsplätze. – Entschuldigung«, sagte sie an Julia gewandt. »Die vergeben alle Aufträge hier in der Region – bis zum Toilettenpapier.«

»Und die vielen Fremden?«, fragte ihre Mutter.

»Mama, das sind doch Spezialisten, von denen haben wir nicht genug.«

»Den Gianni wollten sie auch nicht nehmen.«

»Und du weißt auch, wieso.«

Die ältere Frau zuckte mit den Schultern. Das kleine Kind schaute Julia an und begann zu strampeln. Dann schrie es. Seine Mutter wollte es beruhigen, indem sie es hin und her und rauf und runter schaukelte. Doch es nützte nichts. Mittlerweile schrie das Kind wie am Spieß. Die Mutter verabschiedete sich und ging wieder ins Haus.

»Es ist nicht gut«, sagte die Frau noch einmal.

»Aber freuen Sie sich denn nicht, dass Sie mit dem Tunnel schneller ins Unterland kommen?«

»Wieso muss alles immer schneller gehen? Ich nehme gerne das Postauto über den Pass. Und so oft will ich gar nicht dahin. Wieso auch?«

Julia wusste nicht mehr, was sie noch sagen sollte. »Ich denke, der Tunnel wird sich bewähren.«

»Da denken Sie aber falsch.«

Aus dem Haus war immer noch Kindergeschrei zu hören.

»Mutter, kannst du mir mal helfen?«

»Ich werde gebraucht.« Die Frau setzte die Katze wieder zurück in die Blumenkiste und ging, ohne sich zu verabschieden, ins Haus zurück.

Doktor Conrads Praxis war in einem Neubau aus blaugrauen Eternit-Ziegeln – umgeben von einem mit Koniferen bestückten Rasen. Balkon, Wintergarten und Fensterzargen waren aus weinrotem Metall.

Die Sprechstundenhilfe hatte Julia bereits erwartet und führte sie direkt ins Behandlungszimmer. Der Dorfarzt stellte sich nochmals als Doktor Conrad vor und bat Julia, sich aufs Behandlungsbett zu setzen, das mit einem Papier ausgelegt war. Er fragte, ob sie noch Kopfschmerzen habe und ob ihr noch übel sei. Sie verneinte beides.

Dann leuchtete er ihr in die Augen. »Ich denke, es war nur eine leichte Gehirnerschütterung. Sie sollten sich in den nächsten paar Tagen noch etwas schonen, nicht den ganzen Tag im Tunnel verbringen, das kann wieder zu Kopfschmerzen führen.«

»Das wird schwierig, ich arbeite im Tunnel.«

»Einfach möglichst wenig. Ich werde Ihnen hier noch etwas verschreiben. Nur für den Notfall.« Er ging zu seinem Schreibtisch, setzte eine Brille auf und nahm den Rezeptblock zur Hand.

Julia rutschte von der Liege hinunter. Sie spürte, wie ihre Beine nachgaben. Rasch stützte sie sich mit einem Arm auf dem Bett ab, zog sich wieder hoch.

Der Arzt kam hinter seinem Schreibtisch hervor und führte sie zum Stuhl. Erschöpft ließ sie sich darauf fallen.

»Sie müssen sich wirklich noch etwas schonen. Am besten, Sie bleiben heute dem Tunnel fern.«

»Langsam bekomme ich das Gefühl, dass man mich gar nicht in diesem Tunnel haben möchte.«

»Wie kommen Sie darauf?« Der Arzt nahm seine Brille ab und musterte Julia.

»Zuerst der Lastwagen und dann diese Frau.«

»Welche Frau?«, fragte Doktor Conrad.

»Die mit der schwarzen Katze.«

»Roberta?« Er lachte. »Die ist doch harmlos. Hat sie Sie belästigt?«

»So ähnlich«, sagte Julia.

»Roberta würde am liebsten das ganze Tal unter Denkmalschutz stellen. Es soll sich nichts ändern, alles soll so bleiben wie vor fünfzig Jahren. Sie können sich nicht vorstellen, wie sie sich gegen unseren Neubau gewehrt hat. Sie wollte sogar einen Einspruch machen, aber zum Glück ist ihre Liegenschaft zu weit weg.«

Eigentlich schade, dass sie diesen Bau nicht hatte verhindern können, dachte Julia.

»Also, tun Sie, was Sie mögen, aber machen Sie sich nicht so viele Gedanken.«

Julia bereute, dass sie etwas gesagt hatte. Musste sie sich nun von diesem Arzt sagen lassen, was sie zu tun hatte? Energisch schüttelte sie den Kopf, bereute es sofort. Das Kopfweh war doch noch nicht ganz weg.

Sie nahm ihre Sachen und verließ die Arztpraxis. Als sie bei Robertas Haus vorbeikam, war niemand mehr da. Auch die Katze war verschwunden.

Den Nachmittag verbrachte Julia in ihrem Zimmer. Sie würde sowieso nichts tun können, bis das Ersatzteil kam. Und falls *Marta* Probleme bereiten würde, rief Stettler bestimmt an. Eigentlich hätte sie jetzt Zeit gehabt, ihren Rucksack auszupacken. Doch dazu hatte sie keine Lust. Sie checkte ihre Mails. Jan hatte noch immer nicht geantwortet. Sie versuchte ihn anzurufen, doch sie erreichte nur seine Mailbox. Frustriert nahm sie ein Buch zur Hand und begann zu lesen. Bereits bei der zweiten Seite schlief sie ein.

—

»Nun nimm schon ab!« Tom deutete auf Jans Hosentasche. Sie spazierten am Ufer des Meeres entlang, an Dünen und Strandkörben vorbei. Tom hatte die Schuhe ausgezogen. Vor ihnen lag ein Holzsteg, der ins Meer hinausführte.

»Keine Lust«, antwortete Jan.

»Ich finde, du übertreibst. Nur weil Julia in die Schweiz fahren musste. Das ist doch ihr Job.«

»Was weißt du schon.« Jan bückte sich nach einem Stein.

Sie betraten den Steg.

»Nichts. Erzähl's mir!«

Jan ließ den Stein übers Wasser schiefern und blieb mit seinem Blick an dem Punkt haften, an dem er versank.

»Komm, wir setzen uns hin.« Tom stellte seine Schuhe, die er die ganze Zeit über in der Hand getragen hatte, auf die Holzplanken und setzte sich an die Kante des Stegs.

Jan zögerte, dann ließ er sich ebenfalls nieder. Er betrachtete die Wellen, die ans Ufer züngelten.

»Es ist alles eine Frage des Gleichgewichts«, sagte Jan.

»Des Gleichgewichts?« Tom schaute ihn verwundert an.

»Siehst du die Wellen da?« Er deutete zum Ufer.

»Was ist mit denen?«, fragte Tom.

»Die kriechen immer wieder den Sand hinauf, fallen zurück. Immer wieder.«

»Na und?«

»Es scheint mir so sinnlos. Als würden sie versuchen, an Land zu kommen, jedoch keinen Halt finden. Schließlich werden sie von einer großen Kraft immer wieder zurückgezogen. Sie mühen sich ab. Der reinste Sisyphus.«

»Wellen, die an Land kommen wollen? Das ist nicht wirklich dein …«

»Genauso komme ich mir vor«, fiel Jan Tom ins Wort. »Ich bin die Welle, und Julia ist das Ufer. Ich versuche mich ihr zu nähern und werde immer wieder zurückgetrieben. Und irgendwann habe ich keine Lust mehr dazu. Weil es so einseitig ist.«

»Dann herrscht Ebbe.«

»Genau.«

»Und du nimmst das Telefon nicht mehr ab.«

Tom klopfte Jan auf die Schulter. »Komm, wir gehen was trinken.«

»Ich meine es ernst.«

»Ich auch.« Tom erhob sich.

Datum: Samstag, 7. Juli 2012 23:54
Betreff: Melde Dich!
Mein Liebster,
die letzten Tage waren etwas schwierig. Es läuft nicht alles so, wie ich es mir vorgestellt habe. Aber es geht mir schon wieder besser, Du brauchst Dir keine Sorgen zu machen. Ich konnte Dich nicht erreichen, würde gerne Deine Stimme hören. Bitte melde Dich!
J.

KAPITEL 6

Julia erwachte. Sie hatte wieder geträumt. Von der heiligen Barbara. Sie stand am Südportal und wollte sie nicht in den Tunnel hineinlassen. Julia war einfach durch sie hindurchmarschiert.

Es war noch dunkel. Aber Julia fühlte sich ausgeschlafen, in ihrem Kopf war es leicht und klar. Sie duschte und zog sich an.

Etwas später betrat sie die Kantine. Sie war nicht schlecht besetzt. An einem Tisch saßen die Männer der Wartungsschicht und frühstückten – oder aßen vielmehr zu Abend. Ein paar weitere Arbeiter saßen verstreut im Raum. Als die Maschineningenieure Julia sahen, begannen sie zu klatschen. Der Applaus verbreitete sich in der ganzen Kantine. Nur eine Person applaudierte nicht. Maria stand neben dem Büfett, die Hände tief in den Taschen ihrer Schürze vergraben. Die Männer winkten Julia zu sich. Doch plötzlich stand Stettler vor ihr und bat sie, in die Stüva mitzukommen.

»Sie sehen wieder besser aus«, sagte er.

»Danke.« Julia setzte sich an den Tisch zwischen den Bauleiter Morettini und Remo Bergamin. Sie hatte sich vorher kurz im Spiegel betrachtet. Ihr Gesicht wies alle nur denkbaren Farben auf. »Und wie läuft *Marta*?«

»Wie neu!« Morettini strahlte.

»Das scheint nun doch etwas übertrieben!« Julia lachte.

»Ich hoffe, dass sie durchhält, bis das Ersatzteil da ist«, meinte Stettler.

»Das hoffe ich auch. Es sollte eigentlich heute ...«

Stettlers Handy klingelte. »Ja? – Was? – Wer? – Antonio?«

Die ganze Runde blickte zu Stettler. Dieser stand ruckartig auf, nahm seinen Helm, der auf dem Stuhl neben ihm lag.

»Wir kommen.« Er hängte auf. Alle schauten ihn fragend an.

»Ein Unfall. Am Südportal«, sagte er nur.

»Ich komme mit.« Julia sprang auf.

»Aber machen Sie schnell. Wir fahren in zwei Minuten.« Stettler stand bereits an der Tür.

Julia lief zur Garderobe, zog sich den Overall über die Beine und stieg in die Stiefel.

»Was ist passiert?« Julia saß hinten neben Stettler, vorne saßen Morettini und Bergamin. Sie versuchte, in die Ärmel des Overalls zu schlüpfen, ohne Stettler dabei anzustoßen.

»Es gab offenbar eine Kollision«, sagte Stettler. »Zwei Waggons sind ineinandergefahren.«

»Vom Schutterzug?« Der Bauleiter hatte sich umgedreht.

»Und Antonio?«, fragte Julia.

»Er ist irgendwie dazwischengeraten.«

»Ist er …«, fragte Julia weiter.

»Ja, er ist tot.« Stettler schaute auf seine Knie.

»Aber was hat Antonio am Südportal gemacht? Er hätte doch bei *Marta* sein müssen«, sagte Julia.

»Er hatte heute seinen freien Tag.«

»Und da geht man freiwillig in den Tunnel?«

Stettler zuckte mit den Schultern.

In der Kaverne blinkte es blau. Die Wände warfen das Licht der Polizeiautos zurück. Außer der Polizei waren ein Krankenwagen, die Feuerwehr und ein dunkler Kastenwagen gekommen. Sehr wahrscheinlich der Leichenwagen, dachte Julia. Am Boden lag ein mit einem weißen Tuch bedeckter Körper. Antonio.

Julia trat näher heran und wollte das Tuch hochheben.

»Tun Sie das nicht.« Eine Polizistin hielt ihren Arm zurück. Sie war etwas älter, hatte rot gefärbte Haare. Die Falten in ihrem Gesicht sprachen von Lebenserfahrung. »Es ist kein schöner Anblick.«

»Was ist passiert?«, fragte Julia die Polizistin.

»Sind Sie eine Angehörige?«

»Nein, ich gehöre zum Bauteam. Ich bin von der Firma, die die Tunnelbohrmaschine gebaut hat.«

»Dann waren Sie es, die sie wieder zum Laufen brachte?«, fragte die Frau anerkennend.

Julia nickte und starrte weiter auf das weiße Tuch. »Antonio hat mir dabei geholfen.«

»So, wie's aussieht, war es ein Unfall. Zwei Waggons sind aufeinandergeprallt. Und er stand dazwischen.«

»Aber wieso?«, fragte Julia.
»Eine Weiche war falsch gestellt.«
»Wieso war er überhaupt da?«
»Ich nehme an, weil er hier arbeitete.«
»Aber er hatte doch frei«, entgegnete Julia.
Die Polizistin schaute sie aufmerksam an. »Und was ist mit Ihnen passiert?«
»Ich bin auf die Nase gefallen.«
»Das sieht man.«
Julia schwieg.
»Hier meine Karte. Für alle Fälle.« Sie hielt Julia eine Visitenkarte hin.
Julia steckte sie in ihren orangen Overall. Die Polizistin verabschiedete sich und ging zu ihrem Kollegen.
»Das ist schon der zweite Tote.« Stettler stand neben Julia und starrte ebenfalls auf das Tuch. Er hatte seinen Helm abgenommen und kratzte sich am Kopf. »Zwei Tote auf zehn Kilometer. Das ist nicht gut.«
Die Polizistin bat die beiden, zur Seite zu treten. Zwei Männer kamen mit einem Holzsarg.
Julia setzte sich auf einen offenen Waggon, der ausrangiert an der Tunnelwand stand. Am Container daneben hing ein »Stop Risk«-Plakat.
»Und wer übernimmt nun seine Schicht?«, fragte sie und beobachtete die beiden Männer, wie sie die Leiche vorsichtig in den Sarg legten.
»Das muss ich mit dem Bauleiter klären«, antwortete Stettler.
»Ein gefährlicher Job.« Julia sah den beiden Männern nach, die den Sarg Richtung Leichenwagen trugen.

»Nicht gefährlicher als andere.« Stettler setzte seinen Helm wieder auf. »Haben Sie gewusst, dass die meisten Unfälle gar nichts mit dem Berg zu tun haben?«

»Ja, das habe ich.«

»Die meisten Unfälle könnten auch auf einer stinknormalen Baustelle passieren. Man passt nicht auf, ein Lastwagen kommt rückwärts …«

Julia griff sich an die Stirn. Er brach den Satz ab. Offenbar war seine Anspielung nicht beabsichtigt.

»Oder eine Maschine wird nicht sachgerecht bedient«, fuhr Stettler fort. »Menschliches Versagen. Mit dem Berg hat das meist gar nichts zu tun. Immer diese Märchen mit: Der Berg schlägt zurück, der Berg wehrt sich. Das ist doch Nonsens.«

Julia zuckte mit den Schultern. Sie hatte nichts von Berg gesagt. Sie meinte mit dem gefährlichen Job die Arbeit auf der Tunnelbohrmaschine. »Und wieso waren es immer *Martas* Fahrer?«

»Keine Ahnung. Zufall?«

Sie erhob sich. »Wenn ich schon hier bin, dann kann ich auch gleich *Marta* einen Besuch abstatten und schauen, wie es dem Ventil geht. Wer ist auf der Maschine?«

Stettler schaute auf die Uhr. »Jetzt beginnt dann gleich die zweite Schicht, das müsste Gampl sein. Aber gehen Sie ja nicht zu Fuß! Der TGV fährt gleich los.«

Julia nahm auf einer der Holzbänke Platz. Das Züglein setzte sich mit einem Ruck in Bewegung. Die Beleuchtung war schwach, das Licht flackerte bei jedem Holpern.

Nach etwa zwanzig Minuten stoppte der Zug abrupt. Ihre Mitfahrer stiegen aus. Julia lehnte sich aus dem Fenster. Von *Marta* war nichts zu sehen. Sie stieg aus.

»Fahren wir nicht bis vorne?«, fragte sie den Fahrer.

»Nein, nur bis zum Zwischenangriff.«

Julia ging zu Fuß. Je weiter sie in den Berg hineinging, desto wärmer wurde es. Normalerweise trug sie unter dem Overall immer nur ein ärmelloses T-Shirt – im Tunnel gab es keine Jahreszeiten. Doch sie hatte vor der Abfahrt keine Zeit gehabt, den Pullover auszuziehen. Weiter vorne sah sie eine Nische. Sie war mit Werkzeugen vollgestellt, die die Arbeiter brauchten, um die Maschinen zu flicken oder Waggons auszubeulen. Es ging viel kaputt in einem Tunnel, und wenn möglich, wurde alles vor Ort repariert.

Sie schaute sich um. Die Werkstatt war leer. Sie stellte sich hinter eine Tonne, legte die Taschenlampe auf den Boden, zog den Reißverschluss des Overalls nach unten und streifte die Ärmel ab. Sie war klitschnass. Bis auf den BH zog sie alles aus, knüllte die Wäsche zusammen und stopfte sie in den Rucksack. Die Ärmel des Overalls hingen hilflos zu Boden.

Plötzlich raschelte es hinter ihr. Sie drehte sich um. Doch es war nichts zu sehen. Nur ihr eigener Schatten an der Wand. Sie wollte gerade in den ersten Ärmel schlüpfen, da raschelte es wieder. Diesmal hinter einer Walze. Sie nahm die Taschenlampe, lief um das Gerät herum und bückte sich. Das Geräusch musste von unten gekommen sein.

Da bewegte sich etwas im Lichtkegel der Lampe. Eine

Maus war dabei, Papier für ihr Nest zu sammeln. Julia ging in die Hocke und beobachtete, wie das Tier mit seinen spitzen Zähnen ein Stück herausriss, es mit den Vorderpfoten festhielt. Plötzlich erschrak die Maus und rannte davon.

Julia richtete sich auf. Sie spürte etwas in ihrem Rücken. Als ob jemand hinter ihr stehen würde. Schnell fuhr sie herum und schaute direkt in Sandros dunkle Augen.

Er lachte und blickte an ihr herunter. Erst jetzt wurde ihr bewusst, dass sie im BH vor ihm stand. Schnell schlüpfte sie in die Ärmel und zog den Reißverschluss des Overalls hoch.

»Hast du mich erschreckt!«, fuhr sie ihn an.

»Scusa, das wollte ich nicht.«

»Was machst du überhaupt hier?«

»Ich gehe zu *Marta*. Muss morgen die erste Schicht übernehmen. Wollte mich vorher noch etwas mit ihr anfreunden. – Und du? Machst du einen Strip im Tunnel?« Er lachte. Seine weißen Zähne leuchteten trotz der schummrigen Beleuchtung.

»Das geht dich nichts an.«

»Kein Wunder, will man keine Frauen im Tunnel. Da käme ja niemand mehr zum Arbeiten.«

»Können wir jetzt gehen?«

Er bot ihr seinen Arm an.

»Danke, ich schaff das alleine.«

Stettler hätte es ihr nicht zu sagen brauchen. Maria hatte es gewusst, als er sie in sein Büro rief. Oder gespürt?

Etwas war nicht mehr da. Es war ein Gefühl, sie konnte es nicht erklären.

Maria war noch nie hier gewesen. Die Wände waren mit irgendwelchen Plänen vollgehängt. Sie hatte Antonio immer gesagt, dass es keine gute Idee sei, im Tunnel zu arbeiten. Hatte ihn davon abbringen wollen. Vergeblich. Sie war traurig und wütend zugleich, sie konnte nicht einmal weinen.

Stettler fragte, ob sie ein paar Tage freinehmen und zu ihrer Familie fahren wolle. Doch was sollte sie dort? Die waren schon immer dagegen gewesen, dass sie einen wie Antonio heiratete. Einen, der den ganzen Tag im Berg steckte. Dabei hatte er vor, nach dem Novai-Tunnel aufzuhören, ihr zuliebe. Sie wollten eine Familie gründen mit einem Vater, der anwesend war. Doch Marias Familie war der Meinung, sie mache sich da etwas vor. Einmal Tunnel, immer Tunnel. Und seit sie ihre Stelle als Coiffeuse gekündigt hatte, waren sie nicht mehr gut auf sie zu sprechen. Niemand hatte es verstanden, dass sie nun als Putz- und Servierfrau im Barackendorf arbeitete.

In drei Monaten hätten sie geheiratet. Antonio wollte noch diesen Tunnel fertig machen, und dann hätten sie sich eine Wohnung gesucht. Irgendwo in der Nähe einer größeren Stadt. Mit viel Grün für die Kinder zum Spielen. Und sie hätte wieder in ihrem alten Beruf gearbeitet. Zuerst zu Hause für ein paar Kundinnen, später wieder in einem Coiffeursalon.

»Sie können natürlich auch freinehmen und hierbleiben.«

»Ich möchte arbeiten«, sagte Maria bestimmt.

»Wenn Sie meinen. Aber wenn was ist, melden Sie sich bitte bei mir. Jederzeit.«

So viel Fürsorge hatte Maria von Stettler nicht erwartet. Sonst war er immer ziemlich schroff. Erteilte nur Anweisungen.

»Ist das für Sie in Ordnung?«

Vielleicht hatte er ja einen guten Kern, dachte Maria. Sie nickte und verließ das Büro.

Datum: Sonntag, 8. Juli 2012 23:55

Betreff: Es tut mir leid

Liebster,

es tut mir leid, dass ich einfach so weggefahren bin. Aber ich hatte keine andere Wahl. Kannst Du mir verzeihen? Ich würde gerne in Ruhe mit Dir über alles reden. Bitte melde Dich!

J.

KAPITEL 7

Julia trat aus der Wohnbaracke. Die Sonne kam ihr heute besonders hell vor.

Es war spät geworden am Vorabend. Kaum hatte sie die Maschine erreicht, war die Vortriebsgeschwindigkeit massiv abgefallen. Zuerst dachte sie, das geflickte Ventil habe sich verabschiedet. Aber es war die Gesteinsschicht, die *Marta* etwas langsamer werden ließ.

Das geflickte Ventil hielt. Zum Glück. Denn das Ersatzventil war noch nicht gekommen, sondern am Schweizer Zoll hängen geblieben.

Sie war erst nach Mitternacht wieder in ihrem Zimmer. Eigentlich hatte sie Jan anrufen wollen. Doch im Tunnel gab es keinen Empfang, und nachher schien es ihr zu spät.

Julia hatte lange nicht einschlafen können. Sie dachte an Antonio und seine Träume. Wie er die Zukunft mit Maria geplant hatte. Und es machte sie traurig. Sie hatte ihn gemocht. Aber da war noch etwas anderes. Sie dachte an ihre eigenen Pläne. An ihre und Jans. Hatten sie überhaupt gemeinsame? Oder ließ sie sich einfach von ihrem Beruf vorwärtstreiben? Wie wenn das Leben ewig dauern würde? Und was, wenn mal etwas passierte?

Einem etwas zustieß wie Antonio? Wenn von heute auf morgen alles aus war? Tat sie Jan nicht unrecht, wenn sie sich nicht festlegen und mit ihm keine Familie gründen wollte? Liebte sie ihn überhaupt? Das war es doch, was zwei Menschen machten, um ihre Liebe zu besiegeln. Ein Kind. Und wenn sie später wieder auseinandergingen und sich auf neue Partner einließen, auch die neue Liebe wurde meist mit einem Kind besiegelt. Als ob zwei Menschen sich nicht genügen würden. Als ob sie nur durch ein Kind etwas Gemeinsames hätten, etwas, das sie verband. Was verband sie mit Jan?

Sie hatte das Licht wieder angemacht, ihren Computer hervorgenommen und ihm eine Mail geschrieben. Dass es ihr leidtäte. Dass sie gerne mit ihm in Ruhe über ihre Zukunft diskutieren wollte.

Als sie am Morgen aufgestanden war, hatte sie als Erstes ihre Mails gecheckt. Doch von Jan war nichts dabei. Vielleicht schlief er noch.

—

Jan erwachte und blickte auf einen dunklen Haarschopf. Erschrocken hob er den Kopf. Das Bild war unscharf, aber es war nicht Julia. Der Schopf drehte sich um. Ein Augenpaar und ein Mund näherten sich. Der Mund gab ihm einen Kuss.

Sein Mund war trocken, das Hirn fühlte sich wattig an. Er drehte sich auf den Rücken, ließ den Kopf aufs Kissen sinken und starrte an die Decke. Jan erinnerte sich, dass er mit Tom an der Hotelbar gesessen hatte. Und dann waren da diese beiden Frauen gewesen. Sie hatten sie zu Cocktails eingeladen. Aber was danach passierte – keine Ahnung. Er wusste nicht mal, wie sie hieß.

Jan setzte sich auf. Die Frau streichelte seinen Rücken. Er schlug die Bettdecke zurück, sammelte seine Kleider zusammen und ging ins Bad.

Als er zurückkam, saß die Frau nackt auf dem Bett, die Arme hatte sie um die Beine gelegt, das Kinn auf die Knie gestützt, die Brüste baumelten ins Leere.

Sie hat schöne Brüste, dachte Jan. »Ich geh dann mal«, sagte er und deutete zur Tür.

Sie blickte kurz auf, dann legte sie den Kopf wieder auf die Knie.

»Tut mir leid.« Jan öffnete die Zimmertür, schaute kurz zurück. Sie blickte nicht mehr auf.

»Du bist einfach gegangen?« Tom nahm einen Schluck Orangensaft.

Jan nickte und biss in einen Toast mit Butter. Es schmeckte fade.

»Aber du hast ihr deine Handynummer dagelassen.«

»Wozu?«

»Keine Ahnung. – Auf mich hat sie einen sehr netten Eindruck gemacht, und sie ist total auf dich abgefahren.«

»Tun das nicht alle?« Jan nippte an seinem Kaffee. Der war ebenso geschmacklos wie der Toast.

»Nähe ist nicht deine Stärke.«

»Wie kommt der Herr Psychologe jetzt darauf?«

»Weil sich Doktor Jan Franke immer Frauen aussucht, die Lichtjahre von ihm entfernt sind.«

»Wie meinst du das?«

»Na ja, deine Julia. Die macht ihren Job. Und du? Du kommst frühestens an zweiter Stelle.«

»Spinnst du?«

»Du hast mir lange genug die Ohren vollgelabert. Und weißt du was? Ich glaube, du brauchst das.«

»Was?«

»Das Unerreichbare, Unnahbare. Dann kannst du dich nämlich so richtig selbst bemitleiden.«

Jan stand auf. »Das muss ich mir nicht anhören.«

»Solltest du dir aber. Komm, setz dich wieder hin. Du hast deinen Kaffee noch nicht ausgetrunken.«

»Der schmeckt fürchterlich.« Jan setzte sich wieder.

»Seit ich dich kenne, hattest du noch nie eine Frau, die dir nachgerannt ist. Immer war es umgekehrt. Immer musstest du baggern, erobern. Aber nie mit Erfolg. Wie der Hamster im Rädchen.«

»Das ist gar nicht wahr.« Er nahm sein Handy hervor und drückte darauf herum.

»Doch, ist es.«

»Auch das noch.«

»Was ist?«

»Eine Mail von Julia! Sie will sich bei mir entschuldigen.«

»Ist etwas spät.«

»Nur so von wegen Hamster im Rädchen.«

»Und?«

»Was und?« Jan schaltete das Handy wieder aus und legte es auf den Tisch.

»Nimmst du die Entschuldigung an?«

»Weiß nicht.«

»Worum ging's eigentlich konkret bei eurem Streit?«

»Ja, um was wohl. Um Kinder.« Jan nahm einen Schluck Kaffee und verzog das Gesicht. Er war nicht besser geworden.

»Gleich mehrere?« Tom lachte.

»Das ist nicht lustig.«

»Nein, lustig ist es nicht, aber etwas sonderbar.«

»Wieso?«

»Du suchst dir in ganz Deutschland die einzige Frau aus, die keine Kinder will.«

»Es gibt sicher mehr Frauen, die keine …«

»Also ich kenne keine.« Tom schaute sich um, als ob er damit seine Aussage bestätigen wollte.

»Das ist doch ein Klischee. Frau will Kind, Mann will nicht.«

»Die Frage ist doch, was *du* möchtest.«

»Ich möchte ein Kind.«

»Dann such dir eine Frau, die das auch will.«

»Aber Julia …«

»Eben nicht Julia.« Er fixierte etwas hinter Jans Rücken. »Oh, oh.«

»Was ist?« Jan drehte sich um. Die Frau, die eben noch mit ihm im Bett gelegen hatte, setzte sich ein paar Tische weiter hinten zu ihrer Freundin. »Muss das jetzt sein?«

»Sie winkt herüber.« Tom hob die Hand und grüßte zurück.

Jan drehte sich um, verzog den Mund zu einem Lächeln und winkte ebenfalls.

»Hast du sie gefragt, ob sie Kinder will?«

Jan schüttelte nur den Kopf.

»Wieso nicht? Dann wär das mal geklärt. Besser, als sich zu verlieben und dann zu merken, dass man nicht das Gleiche will.«

»So wichtig ist das nun auch wieder nicht.«

»Ach so? Ich dachte schon.«

»Es ist nur … Es ist immer alles so, wie Julia es möchte.«

»Und du willst nun das Gegenteil, obwohl du es eigentlich gar nicht willst. Dass nenn ich erwachsen.«

»Es geht immer nach ihrer Nase. Wir wohnen da, wo sie es am nächsten zur Arbeit hat, wir haben kein Haustier, weil sie gegen Tierhaare allergisch ist …«

»Dann seid ihr beim Thema Kinder in Wirklichkeit gleicher Meinung?«

»Keine Ahnung. Ich kann mir das gar nicht mehr überlegen, weil sie schon seit Jahren sagt, dass sie keine Kinder will. Wie soll ich da noch frei entscheiden können?«

»Du stellst dir eine einfache Frage, auf die es zwei Antworten gibt.«

»Aber das ist nichts, das man allein entscheidet. Ich will doch nicht einfach ein Kind oder nicht. Ich will es gemeinsam mit einer Frau. Gemeinsam mit einer bestimmten Frau.«

»Dann frag dich einfach, ob du mit Julia ein Kind möchtest.«

»Aber das kann ich nicht, wenn ich weiß, dass sie keines will.«

»Langsam wird mir das Ganze zu kompliziert. Gehen wir an den Strand?«

»Und was machen wir mit der?« Jan deutete hinter seinen Rücken, ohne zurückzuschauen.

»Soll ich sie fragen, ob sie ein Kind mit dir möchte?«

Jan boxte ihm in die Schulter. »Untersteh dich!«

—

Julia betrat die Kantine. Maria war nicht zu sehen. Sie holte einen Kaffee und setzte sich an einen freien Tisch. Nebenan aßen ein paar Männer.

Plötzlich wurde die Tür aufgerissen, und Stettler stürzte herein. »Sie steht still!«, rief er in den Raum.

Die Arbeiter sahen ihn an, einer warf die Gabel auf den Teller. Julia erhob sich. Die Männer fluchten, einer haute mit der Faust auf den Tisch.

»Seit wann?«, fragte sie und ging auf Stettler zu.

»Der Bauleiter hat mich soeben angerufen. Seit etwa einer halben Stunde.«

»Das Ventil?«

»Ich nehme es an. Ist das Ersatzteil gekommen?«

Julia schüttelte den Kopf. Stettler fluchte ebenfalls.

Die Maschineningenieure warteten. Sie sahen müde aus. Ihre Schicht wäre um fünf Uhr zu Ende gewesen. Jetzt war es kurz vor Mittag. Eigentlich hätten sie schon lange Feierabend. Sie glotzten Julia an, als sei es ihre Schuld, dass die Maschine nicht mehr lief.

Julia ging auf das Podest, hangelte sich zum Ventil vor

und versuchte, es zu reparieren. Nach zwei Stunden gab sie auf.

Stettler sprach mit einem der Ingenieure, der sich lautstark beschwerte. Er wollte ihn beruhigen, doch es gelang ihm nicht. Der Ingenieur kam auf Julia zu, spuckte auf den Boden. Er habe ja gesagt, dass das nicht halte. Sie habe zu viel abgeschliffen. Sie hätte auf ihn hören sollen, dann würde die Maschine jetzt noch laufen. Schließlich habe er dreihundert Stunden auf der Maschine verbracht, während sie in ihrem schönen Büro gesessen und Details gezeichnet habe, die nicht funktionierten.

Julia holte Luft und wollte gerade zu einem Gegenschlag ansetzen. Aber Stettler kam ihr zuvor.

»Meine Herren«, sagte er, »und meine Dame, so kommen wir nicht weiter. Wir müssen nun warten, bis das Ersatzventil hier ist. Und dann mit vereinten Kräften weitermachen. Frau Jansen wird sich gleich beim Schweizer Zoll erkundigen. Ich gehe davon aus, dass wir das Ventil morgen haben.«

Die Arbeiter trotteten wortlos davon.

Julia und Stettler fuhren mit dem TGV zurück ans Südportal. Der Zug ruckelte und schüttelte und wurde seinem Namen einmal mehr gerecht. Stettler versuchte zu telefonieren, doch das Handy zeigte noch keinen Empfang, obwohl sie die helle Öffnung bereits sehen konnten. Vorne beim Portal hatte sich eine Menschenmenge gebildet. Die Arbeiter redeten wild durcheinander, Fäuste schossen in die Höhe.

»Was ist denn hier los?« Stettler sprang vom Wagen, Julia folgte ihm.

»Santa Barbara!«, rief ein Mann, ein anderer bekreuzigte sich.

»Was ist mit der Santa Barbara?« Stettler schaute Julia an, als sei es ein Witz.

»Verschwunden, sparita. Weg.«

Stettler bahnte sich durch die Männer einen Weg zum Schrein, Julia ging ihm dicht hinterher. Das Gittertürchen, das vor der Nische angebracht worden war, stand offen, die weiß ausgestrichene Aushöhlung war leer.

»Wenn ich den erwische«, sagte einer, der seinen Helm verkehrt herum aufhatte, und hielt die Faust in die Höhe.

Stettler machte einen hilflosen Eindruck. Der Mann, der sonst immer wusste, wie vorzugehen war, stand vor dem Schrein und starrte in die Nische. Dann drehte er sich um. Er schien sich wieder gefasst zu haben. »Ich werde dem persönlich nachgehen. Ich bitte Sie jetzt trotzdem, in den Tunnel zu gehen und Ihre Arbeit wieder aufzunehmen. Falls die Barbara bis morgen nicht auftaucht, werde ich für Ersatz sorgen.«

»Und der Pfarrer?«

»Sie wird selbstverständlich eingesegnet.«

Einer der Männer schüttelte den Kopf, dann setzte er seinen Helm auf und ging Richtung Tunnel. Ein anderer schlug mit dem Bein gegen eine Karrette, ein dritter setzte sich demonstrativ im Schneidersitz auf den Boden. Stettler winkte zwei Poliere zu sich. »Ich gebe euch fünf Minuten, dann habt ihr die Männer im Tunnel.«

Die beiden schwärmten aus, riefen ihre Männer zusammen. In einer der Gruppen sah Julia Sandro. Er trug lediglich eine orange Latzhose und ein rotes Halstuch.

Auf seinem Oberkörper vermischte sich der Schweiß mit den Spuren des Tunnels. Als er sie bemerkte, schaute sie schnell weg.

Julia verließ den Tunnel. Draußen war es etwa gleich heiß wie drinnen, nur dass jetzt auch noch die Sonne herunterbrannte. Sie setzte sich in den Schatten einer Föhre und zog ihr Handy aus der Tasche. Der Zoll habe das Ersatzteil soeben freigegeben. Wieso das so lange gedauert habe, wollte Julia wissen. Der Mann zählte irgendwelche Einfuhrparagrafen auf, die ihr nichts sagten.

Julia beobachtete Stettler. Er sprach mit dem Arbeiter, der auf dem Boden saß und sich immer noch weigerte, in den Tunnel zurückzukehren. Er hockte sich zu ihm, sprach weiter auf ihn ein. Dann klopfte er ihm auf die Schultern, der Mann stand auf.

Sie schaute auf die Uhr. Es war bereits später Nachmittag. Sollte sie es nochmals bei Jan versuchen? Wieso meldete er sich nicht? War sie diesmal wirklich zu weit gegangen? Sie stellte sich vor, wie er neben dem Handy saß, zuschaute, wie es klingelte, sich mit Tom über sie lustig machte. Sie steckte das Handy wieder ein. Da hörte sie Stettler rufen. Er stand vor einem Auto und bedeutete ihr einzusteigen. Der renitente Arbeiter war nicht mehr zu sehen.

—

Er schließt die Tür ab, dann zieht er die Vorhänge zu, stellt die Statue auf den Nachttisch.

»Jetzt gehörst du mir. Mir allein.«

Er nimmt das rote Grablicht, das er auf dem Friedhof in einem Abfalleimer gefunden hat, und stellt es neben die Statue. Die Kerze ist nur zur Hälfte niedergebrannt. Die Schachtel liegt bereits auf dem Nachttisch. Er klaubt ein Zündholz heraus, reibt es an der rauen Fläche. Seine Hände zittern, er ist nervös. Die Flamme erlischt. Er flucht, versucht es noch einmal. Es klappt. Ein warmes rotes Licht. Er streicht der heiligen Barbara über den Kopf.

KAPITEL 8

Das Ersatzteil wurde am nächsten Morgen geliefert. Julia baute es sofort ein. Stettler stand neben der Maschine und schaute zu. Sie war nicht sicher, ob er sich um sie sorgte oder ihr nicht zutraute, *Marta* wieder zum Laufen zu bringen.

»Kommen Sie auch mit zur Weihung?«, fragte Stettler, als sie fertig war.

»Welche Weihung?« Julia strich sich mit dem Ärmel den Schweiß aus dem Gesicht.

»Der Pfarrer kommt um einundzwanzig Uhr zum Schichtwechsel ins Südportal, die neue Barbara wird eingeweiht.«

»Heißt das, Sie haben sie nicht gefunden?«

»Nein. Sie ist wie vom Erdboden verschluckt.«

»Oder vom Berg«, verbesserte ihn Julia.

Es war nicht schwierig zu erraten, wer zu welcher Schicht gehörte. Die einen standen mit verschmierten, fett glänzenden Gesichtern da, die anderen in sauberen Overalls. Ein paar hatten sogar ein weißes T-Shirt angezogen. Der Pfarrer stand neben dem Schrein und begann zu beten. Die Arbeiter hatten ihre Helme abgezogen und hielten das Haupt gesenkt. Ein älterer Arbeiter ließ einen Rosenkranz durch die Finger gleiten.

Julia schielte zu Stettler. Er hatte die Hände gefaltet. Sie legte ihre Hände übereinander. Sie beteten das Vaterunser. Julia wusste nicht, wann sie das letzte Mal gebetet hatte. Sie musste damals noch ein Kind gewesen sein. Mit Gott hatte sie es nicht so. Dafür gab es zu viel Ungerechtigkeit auf der Welt. Julia glaubte eher an Ursache und Wirkung.

Der Pfarrer hielt die Hand über die Statue und begann mit der Segnung. »Segne dieses Bild der heiligen Barbara. Lass auf ihre Fürbitte uns im Vertrauen auf deine Vorsehung wachsen und getrost unsere Wege gehen durch Christus unseren Herrn.«

Ein Mann in einem Overall mit abgeschnittenen Ärmeln trat von einem Bein aufs andere. Offensichtlich war er nervös. Vielleicht hatte er etwas mit dem Raub der Barbara zu tun? Und jetzt plagte ihn sein schlechtes Gewissen. Julia musste über sich selber lachen. Spielte sie nun schon die Detektivin? Was ging sie das eigentlich an? Das war lediglich ein Stück Holz. Vielleicht musste er auch aufs Klo.

Sie hatte recht. Als der Pfarrer fertig war, verzog er sich und lief in Richtung der Toi-Toi-Toiletten. Erst jetzt sah sie, dass Sandro direkt hinter dem Mann gestanden haben musste. Er schaute sie lange an. Sie konnte seinen Blick nicht deuten. Hatte er sie die ganze Zeit beobachtet?

»Woher hatten Sie eigentlich so schnell eine neue Barbara?«, flüsterte sie Stettler zu.

»Das ist die vom Zwischenangriff«, antwortete er.
»Sie haben die Männer hintergangen?«
»Glauben Sie an Statuen?«
»Nein. Aber Sie können doch nicht einfach …«
»Doch, ich kann«, fiel ihr Stettler ins Wort.
Julia hatte ein ungutes Gefühl. Dann gab es am Zwischenangriff also keine Barbara mehr. Wenn das jemand bemerkte? Brachte so was nicht Unglück? Erneut musste sie über sich selber lachen.

Maria saß am Morgen in der Kantine, als habe sie auf Julia gewartet. Neben ihr stand ein Gefäß mit einem Deckel.
»Kann ich Sie etwas fragen?« Anscheinend hatte sie allen Mut zusammengenommen, um sie anzusprechen. Sie blickte Julia nicht in die Augen.
»Aber natürlich.« Julia setzte sich zu ihr.
»Könnten Sie mir einen Gefallen tun?«
»Wenn es nichts allzu Kompliziertes ist.«
»Ist es nicht. Sie können doch sicher Auto fahren.«
»Ja klar.«
»Ich kann es nämlich nicht.« Entschuldigend schaute sie auf die Tischplatte. »Ich habe es Antonio versprochen.« Sie griff zum Gefäß und nahm es auf den Schoß. »Die anderen mag ich nicht fragen.«
Erst jetzt bemerkte Julia, dass es eine Urne war.
»Ja, er ist da drin.« Maria strich über die Urne.
»Aber Katholiken werden doch nicht kremiert.«
»Er hat sich das so gewünscht. Er möchte auf der Alp Novai verstreut werden.«

»Es gibt eine Alp, die Novai heißt?«

»Sie hat dem Tunnel den Namen gegeben. Sie liegt etwa da.« Maria zeigte auf den Berg. »Können Sie mich da hinaufbringen? Das letzte Stückchen muss man zu Fuß gehen.«

»Ja sicher, das mache ich gerne. Jetzt gleich?«

»Wenn es Ihnen nichts ausmacht.«

Julia hatte heute nichts vor. Das Ersatzteil war eingebaut, die Maschine lief. Sie musste lediglich noch einen Bericht schreiben, aber der konnte warten. Sie stand auf und streckte Maria die Hand hin. »Ich bin übrigens Julia.«

Julia ließ sich im Baubüro den Schlüssel eines der Autos geben, die auf dem Parkplatz vor der *Cantina Tschiervi* standen. Sie trat auf die Kupplung und drehte den Zündschlüssel. Nach ein paar Leerläufen sprang der Motor an. Julia betätigte den Schalthebel und versuchte, den Rückwärtsgang einzulegen, um aus dem Parkplatz herauszufahren. Doch der Hebel klemmte.

Maria schaute sie unsicher an. »Meinen Sie, Sie schaffen das?«

»Ich bin schon mit größeren Maschinen klargekommen«, sagte Julia und drückte den Schalthebel mit voller Kraft. Der Gang rastete ein.

Maria zeigte ihr den Weg. Sie fuhren durchs Dorf und dann auf einem Feldweg den Berg hinauf. Wiederkäuende Kühe standen auf den Wiesen und schauten vor sich hin.

»Schön, dass sie hier noch Hörner haben«, sagte Julia.

»Ja, sie haben ihnen ihre Würde gelassen«, antwortete Maria. Sie saß reglos neben Julia. Die Urne lag auf ihrem Schoß wie ein kleines Tier. Julia musste ein paarmal aussteigen, um die Gatter zu öffnen. Sie waren schon beinahe an der Waldgrenze. Von hier oben sah das Tal noch enger aus. Ein Schlund, der die Häuser in sich zu verschlingen drohte.

Plötzlich sprang ein großer weißer Hund vors Auto und kläffte. Julia ließ das Fenster herunter und versuchte, das Tier zu beruhigen.

»Fahren Sie weiter! Das ist ein Herdenschutzhund. Mit dem ist nicht zu spaßen. Der beschützt die Schafe vor den Bären.« Sie deutete den Berg hoch. Der ganze Abhang war weiß gesprenkelt.

»Gibt es hier Bären?«, fragte Julia ungläubig.

»Dieses Jahr ist keiner da, aber im letzten hat einer zehn Schafe gerissen.«

Julia kurbelte das Fenster wieder hoch und fuhr langsam an, der Hund wich zur Seite.

Das Stückchen zu Fuß, wie es Maria angekündigt hatte, war etwas untertrieben. Mehr als eine halbe Stunde gingen sie steil den Berg hinauf. Marias Lungen pfiffen, Julia wollte ihr die Urne abnehmen, doch Maria gab sie nicht her. Alle fünf Minuten hielt Julia an und wartete. Marias Lippen wurden immer blauer. Julia befürchtete, sie würde jeden Moment umkippen. Endlich sah sie eine Hütte. Das musste die Alp Novai sein.

Julia stieß einen Jauchzer aus und setzte sich auf die Bank vor dem Holzhäuschen. Der Ausblick war überwältigend. Jetzt konnte sie Antonio verstehen.

Maria blieb kurz stehen, um wieder zu Luft zu kommen, dann nahm sie die letzten Meter und ließ sich neben Julia nieder.

»Hier waren wir immer, wenn wir für uns sein wollten«, sagte Maria und blickte in die Weite. Der gegenüberliegende Berg lag nun schräg unter ihnen.

»Die Berge sind schön, wenn man oben ist«, sagte Julia.

»Dass sie dir unten im Tal im Weg stehen, ist der Preis für die Aussicht.« Maria machte eine Pause, um Luft zu holen. »Doch man kann sie auch bezwingen.«

Julia lachte.

»Ich meinte natürlich nicht, indem man sie durchbohrt.«

»Ich habe schon verstanden.« Julia stellte sich den Tunnel unter ihr vor. Wenn es so weiterging, würde es noch Monate dauern, bis sie unter der Alp Novai waren. Sie konnten nur hoffen, dass es mit dem Sprengvortrieb aus dem Norden vorwärtsging.

Maria nahm die Urne, die sie neben sich auf die Bank gestellt hatte, auf die Knie und fuhr mit der Hand über den Deckel. »Ich glaube nicht an einen Unfall«, sagte sie leise.

»Und wieso?«

»Da war etwas. Ich kann es nicht genau sagen. Aber Antonio hat sich Sorgen gemacht.«

»Sorgen? Worüber?«

»Das weiß ich nicht. Er wollte es mir nicht sagen. Aber irgendetwas beschäftigte ihn. Einmal hat er gesagt, er würde gerne etwas ungeschehen machen.«

»Ungeschehen? Was?«

»Keine Ahnung, ich überlege mir das auch schon die ganze Zeit. Und manchmal kam er mir richtig fremd vor.« Maria verscheuchte eine Fliege, die sich auf der Urne niedergelassen hatte. »Am Tag vor seinem Tod habe ich ihn gefragt, ob wir an seinem freien Tag spazieren gehen. Da hat er so seltsam reagiert. Das war nicht seine Art. Richtig schroff. Er habe bereits etwas vor. Ich dachte, es sei eine andere Frau.« Sie schwieg und schaute Julia lange an.

»Du meinst mich?«

Maria nickte.

»Ich und Antonio?« Julia lachte.

Maria blieb ernst. »Das ist doch nicht so abwegig, oder?«

Julia griff nach Marias Hand. »Ich habe ihn gern gemocht. Das war alles.«

Eine Träne kullerte über Marias Wange. Sie stand auf, nahm die Urne unter den Arm, befeuchtete einen Finger und hielt ihn in die Höhe. Sie hob den Deckel ab und legte ihn auf die Bank. Dann ging sie ein paar Schritte bis dort, wo der Berg steiler abfiel. Sie hielt inne und murmelte etwas vor sich hin, das Julia nicht verstand. Dann streute sie die Asche in den Wind. Einige Klumpen fielen zu Boden, der feine Staub wurde aufgewirbelt und glitzerte in der Sonne. Als die Urne leer war, schaute Maria eine ganze Weile ins Tal. Dann drehte sie sich plötzlich um und sagte: »Gehen wir?«

—

Jan lag auf dem Rücken und lauschte mit geschlossenen Augen der Brandung. Den Wellen, die an Land geworfen und wieder zurückgezogen wurden. Von nebenan kam leises Schnarchen. Tom musste eingeschlafen sein.

Plötzlich zog ein dunkler Schatten über ihn hinweg. Dann hörte er einen Aufprall. Er öffnete die Augen, setzte sich auf. Tom war wach und rieb sich die Nase. Neben ihm lag ein roter Ball. Ein kleines Mädchen kam herbeigerannt, blieb kurz stehen, schaute die beiden Männer an, nahm den Ball und lief zu seiner Mutter. Diese winkte ihnen entschuldigend zu.

»Schon süß, so ein Kind«, meinte Tom. Blut rann aus seiner Nase. Jan reichte ihm ein Taschentuch. Tom wollte sich gerade wieder zurücklehnen.

»Du musst dich hinsetzen, nicht liegen«, wies Jan ihn an. »Und den Kopf nach unten halten.«

»Blödsinn, dann läuft ja alles Blut heraus.«

»Das soll es auch.« Er bog Toms Kopf nach vorne.

»Du willst mich doch nur bluten sehen.«

»Und nun drückst du die Nasenflügel gut zusammen. Fünf bis zehn Minuten lang.«

»Das ist aber keine bequeme Haltung.«

»Ich hole dir an der Bar etwas Eis für den Nacken.« Jan erhob sich.

»Wie bitte? Endlich ist es mal schön warm, und du willst mich in Eis packen?« Tom hob den Kopf und schaute Jan vorwurfsvoll an.

»Den Kopf nach unten und die Nase zuhalten!«, befahl Jan.

»Schön, wenn man immer die richtige Person dabeihat.«

»Den Erste-Hilfe-Koffer habe ich leider im Hotel stehen lassen.« Jan lachte.

»Schon gut«, näselte Tom. »Aber das mit dem Eis lassen wir.«

»Wenn du meinst.« Jan setzte sich wieder hin.

Unter Toms Nase hatte sich im Sand ein kleiner roter See gebildet. Tom schaufelte ihn zu. »Ich finde, du solltest sie anrufen.«

»Wen?«

»Deine Julia. – Offenbar geht es ja nicht um die Kinderfrage, sondern darum, dass du mehr Platz brauchst. So was kann man bereden, eine Lösung suchen.«

»... spricht der Psychologe. Wie hast du vorhin gesagt? Schön, wenn man die richtige Person dabeihat.«

Tom ging nicht darauf ein. »Ich finde, du solltest es zumindest versuchen. Frauen haben es gerne, wenn man mit ihnen über solche Dinge redet.«

»Du sprichst aus Erfahrung? Ich meine, aus eigener Erfahrung?«

»Äh ...« Tom stocherte im Sand herum.

»Also nicht.«

»Aber es ist so. Studien haben ...«

»Na toll.«

»Ruf sie doch einfach mal an.«

Der Ball kam wieder geflogen, diesmal steuerte er auf Jan zu. Er konnte ihn im letzten Moment noch abfangen und warf ihn dem Mädchen zurück. Doch der Wurf war zu stark, das Mädchen fiel samt Ball rücklings zu Boden.

Es weinte. Seine Mutter schaute Jan böse an. Er zuckte entschuldigend mit den Schultern.

»Also gut. Wenn du meinst.« Er drückte die Kurzwahl zwei »... ist zurzeit nicht erreichbar ...«, sagte eine Frauenstimme. Er hielt Tom das Handy hin. »Siehst du? Nicht erreichbar.« Und atmete auf.

—

»Danke, dass Sie mitgekommen sind«, sagte Maria, als Julia vor der Kantine parkte.

»Sind wir nicht per Du?«

»Scusi, ich bin nicht so gut in solchen Dingen.«

»Danke, dass ich dabei sein durfte.« Julia drehte den Zündschlüssel und zog ihn heraus.

Kaum waren sie ausgestiegen, kam Stettler auf Julia zugerannt. Sein Blick verhieß nichts Gutes. Was ihr denn einfalle. Einfach das Handy abzustellen.

»Ich habe mein Handy nicht ausgeschaltet.« Sie holte das Telefon aus der Jackentasche. »Sehen Sie? Es läuft. Vielleicht hatten wir auf dem Berg keinen Empfang.«

»Auf dem Berg?«

»Auf der Alp Novai«, erklärte Julia.

»Und Sie arbeiten heute nicht in der Küche?«, fragte er Maria.

»Sie haben doch selber gesagt, ich könne freinehmen.«

Stettler schüttelte den Kopf.

»Ist etwas passiert?«, fragte Julia.

»Ja, es ist etwas passiert. Bergwasser. Wir sind auf eine Wasserader gestoßen.«

Julia wusste, was das hieß. *Marta* konnte es mit dem härtesten Gestein aufnehmen. Aber gegenüber Wasser war sie hilflos. Da schlugen ihre Zähne ins Leere, sie wurde regelrecht mit Schlamm, Sand und Geröll zugeschüttet, ihre Löcher wurden verstopft.

»Und jetzt?«

»Gute Frage«, antwortete Stettler.

Dieser Novai-Tunnel war wirklich vom Pech verfolgt, dachte Julia. Zuerst *Marta*, die bockte, und dann dieses Bergwasser. Wie wenn sich der Berg wehren würde. Hatte das nicht diese Frau, wie hieß sie gleich, Roberta, gesagt? Julia dachte an die fehlende Santa Barbara, schob den Gedanken schnell weit weg. Das war doch alles eine Frage von Statik und Kräften, die da gegeneinander antraten. Reale Kräfte, die man berechnen konnte. Und wenn nicht, dann nur, weil die Geologen nicht alle Variablen kannten. Es war ganz normal, dass sie nicht alles voraussagen konnten. Dazu bräuchte es zu viele Probebohrungen, und das würde zu teuer. Aber auch wenn man es vorhersagen könnte: Was wäre der Unterschied? Man wüsste, was einen erwartet. An den Folgen würde sich nichts ändern. Im schlimmsten Fall mussten sie den Boden mittels Injektionen verfestigen, um die Störzone zu überwinden. Dies würde mehrere Monate kosten.

»Ich geh mal in die Küche«, sagte Maria und trottete Richtung Kantine.

»Tun Sie das«, sagte Stettler. Er schaute ihr nach. »Arme Frau. Sie hat ihren Antonio sehr geliebt.«

Julia nickte. Sie war erstaunt, dass sich Stettler über

solche Dinge Gedanken machte. »Hat die Polizei etwas herausgefunden?«

»Sie haben die Untersuchungen eingestellt. Es hat nichts darauf hingedeutet, dass es kein Unfall war.«

»Aber Maria glaubt nicht an einen Unfall.«

»Das hat sie schon bei Simon Brandl nicht. Keine Ahnung, was mit der Frau los ist. Aber manchmal geht sie mir mit ihrem Aberglauben-Firlefanz ganz schön auf die Nerven.«

»Ich glaube nicht, dass das etwas mit Aberglauben zu tun hat. Vielleicht eher mit Glauben?«

»Ist egal. Für mich ist der Fall erledigt. Ich habe ganz andere Probleme.« Er lief zum Auto.

»Und ich?«, rief ihm Julia hinterher.

»Sie könnten die Reinigungsarbeiten koordinieren, wenn kein Wasser mehr kommt.«

»Okay, ich bin dabei.«

Datum: Mittwoch, 11. Juli 2012 14:23
Betreff: AW: AW: Es tut mir leid
Mein Liebster,
ich mache mir große Sorgen. Eine Freundin von mir ist verschwunden. Schon seit ein paar Tagen. Ich habe meinen Chef gefragt. Der hat gemeint, sie habe Urlaub genommen. Aber sie hat mir gar nichts gesagt. Ich habe ein schlechtes Gefühl. Aber vielleicht kommt sie ja heute Abend zurück.
Ich rede immer nur von mir. Geht es Anya besser? Oder hat sie immer noch so starkes Fieber? Es tut mir so leid, dass ich nicht bei Euch bin. Was hat der

Doktor gesagt? Sollte Mutter nicht besser ins Spital gehen?
Ich habe Euch zweihundert Franken überwiesen.
In Liebe J.

Julia watete mit Stettler Richtung Tunnelbrust. Das Wasser stand einen halben Meter tief. Immer noch strömte es hinter der Ortsbrust hervor, als hätten sie einen unterirdischen See angestochen. Doch auch an den Seitenwänden schoss es heraus. Julia berührte den nassen Fels. Das Wasser war etwa vierzig Grad warm. Auch die Kluft, die seitlich ein paar Meter hinter dem Bohrkopf lag, war ausgespült worden. Was die Mineure in mehrstündiger Arbeit sorgfältig verputzt hatten, war innerhalb von Minuten zunichtegemacht worden. Der ganze Spritzbeton war ausgeschwemmt, die Stahlmatten lagen geknickt auf dem Tunnelboden.

Doch da war noch etwas anderes. Etwas Helles leuchtete in der Kluft. Julia wollte näher herangehen, aber das Wasser war zu tief. Es hätte ihr die Stiefel gefüllt.

Sie wollte Stettler darauf hinweisen, aber der stand vorne in der Nähe des Bohrkopfes und untersuchte den Fels. Mit einem Pickel klopfte er darauf herum. Bei jedem Stein, der sich löste, schoss ein Wasserstrahl hinterher.

»So eine Sauerei. Das kostet uns Monate!« Er schlug noch ein paarmal auf die Wand ein, dann ließ er den Pickel fallen.

So hatte sie Stettler noch nie gesehen. Er ließ den Kopf hängen und scharrte mit dem Stiefel im Schlamm herum.

»Es tut mir leid«, sagte Julia und machte ein paar Schritte auf ihn zu, doch er wandte sich ab.

Sie beschloss, den Weg über die Maschine zu nehmen. Vielleicht kam sie von hinten näher an die Kluft heran.

Sie stieg hinauf, die Arbeiter waren dabei, den Schlamm von den Förderbändern zu putzen. Julia gab ihnen die Anweisung, auch die Schneidrollen zu kontrollieren und zu schauen, ob die Räumer nicht verstopft waren. Dann kletterte sie weiter hinten wieder von der Maschine hinab.

Von hier sah die Kluft geschlossener aus. Von dem hellen Fleck war nichts mehr zu sehen. Julia ging näher heran, das Wasser stand hier wie erwartet weniger hoch. Die Kluft schied immer noch Flüssigkeit aus. Julia war fast beim Felsen, da rutschte sie auf einem Stein aus. Sie konnte sich gerade noch an der Wand festhalten, doch der nasse Stein bot ihr keinen guten Halt. Beinahe wäre sie gekippt; sie versuchte, sich am Fels wieder hochzuziehen, was ihr nur mühsam gelang. Kaum hatte sie sich aufgerichtet, kam ihr etwas entgegen und schlug ihr ins Gesicht. Es war ein Arm. Der Arm einer Frau.

KAPITEL 9

»Nicht schon wieder dieser Tunnel!« Die Polizistin knallte den Hörer auf. »Franco, zieh die Stiefel an. Es geht Untertag.« Tresa klang euphorisch, doch Franco wusste, dass seine Kollegin unter Platzangst litt. »Soll ich alleine …«

»Auf keinen Fall!«, antwortete sie und war bereits im Flur. Franco holte seine Stiefel aus dem Schrank und tauschte sie gegen seine Halbschuhe.

Tresa wartete bereits im Auto. Die Musik hatte sie voll aufgedreht. Gianna Nannini sang *Bello, bello e impossibile.*

»Wo ist es diesmal?«, schrie er.

»Beim Zwischenangriff.«

»Also mitten im Tunnel?« Sogleich bereute Franco seine Frage. Tresa sah nun doch ziemlich blass aus.

»Genau.« Sie trat aufs Gaspedal, er hielt sich am Griff oberhalb des Fensters fest. Ihm würde schlecht werden, wenn sie so weitermachte.

Sie fuhren den steilen Eingangsstollen hinunter, bogen links ab und erreichten kurze Zeit später das Hinterteil der Bohrmaschine. Den Rest erledigten sie zu Fuß. Es war nur ein schmaler Durchgang zwischen Maschine und Tunnelwand, sodass man hintereinander gehen musste. Tresa ging voran, er hörte sie laut atmen. Hatte sie Panik? Oder war es nur die Hitze? Daran hatte er nicht gedacht. Er hielt an und zog seine Jacke aus. Unter den Achseln war sein Hemd bereits durchnässt.

Tresa drehte sich um. »Na mach schon. Los, los!«

Offenbar doch die Panik. Üblicherweise schrie sie nicht so herum.

Inzwischen hatten sie die Steuerkabine erreicht. Es musste nicht mehr allzu weit bis zum Bohrkopf sein.

Einige Meter vor dem riesigen Rad standen vor der Felswand orange gekleidete Arbeiter zu einem Halbkreis formiert und schauten nach oben. Es sah fast so aus, als ob sie sich für ein Ständchen aufgestellt hatten. Etwas abseits warteten ein Mann mit weißem Helm und eine Frau. Sie gingen auf die beiden zu.

»Sind Sie der Verantwortliche?«, fragte Tresa. Der Mann nickte und stellte sich mit Martin Stettler vor. »Und wer hat die Leiche gefunden?«

»Ich«, antwortete die Frau. »Julia Jansen.«

»Und wieso stehen alle am Tatort herum?«, wollte Tresa wissen.

Stettler bedeutete den Männern, zur Seite zu gehen.

Franco betrachtete den Boden. Es war sowieso alles überschwemmt. Er ging näher heran, spürte, wie sich sein Magen zusammenzog. Das nächste Mal würde er selber fahren. Ein Arm ragte aus dem Fels. Er gehörte zu einer Frau, die seltsam gekrümmt und verdreht in der Felsspalte lag – mit dem Gesicht nach oben, die Augen weit aufgerissen, die Haare hingen wie helle Algen über das Gestein. Er wandte sich ab.

»Wie bringen wir die da raus?«, fragte er Tresa.

»Das überlassen wir der Spurensicherung. Kannst du bitte hier warten? Ich habe dringend noch was zu erledigen.«

»Und wie komme ich …«, wollte Franco fragen, doch Tresa war bereits hinter der Bohrmaschine verschwunden.

Als Franco wieder ins Büro kam, saß Tresa am Schreibtisch und machte ein Sudoku. Dass sie etwas dringend zu erledigen hatte, war offensichtlich gelogen. Eine Notlüge, um aus dem Berg herauszukommen. Franco trug nur Socken, die schmutzigen Stiefel hatte er im Vorraum stehen lassen.

»Und was hat die Spurensicherung gemeint?«, fragte sie, ohne von der Zeitung aufzuschauen.

»Dass sie die Leiche nach Chur in die Rechtsmedizin bringen. Und dass die Kontaktspuren – falls es welche gegeben hat – vom Bergwasser weggewaschen worden sind.«

»Und wer von Chur ist verantwortlich für den Fall?«

»Niemand.« Er setzte sich auf ihren Schreibtisch.

»Wie bitte?« Tresa hob den Kopf.

»Die haben zurzeit keine freien Kapazitäten.«

»Dann bleibt wieder mal alles an uns hängen? Ich fass es nicht!«

»Aber eines ist klar. Die Frau hatte einen gespaltenen Schädel. Entweder ist sie gestürzt, oder ihr ist ein Stein auf den Kopf gefallen, oder …«

»Sie wurde erschlagen.« Tresa schaute auf seine Füße.

»Die Frage ist doch: Wie kam die Frau in die Felsspalte?« Franco folgte ihrem Blick. Eine Socke hatte ein Loch. Er stand auf und ging zu seinem Schrank.

»Sie wird kaum selber hineingekrochen sein, nachdem ihr ein Stein auf den Kopf gefallen ist.«

»Höchstwahrscheinlich nicht.« Franco zog seine Halbschuhe an.

»Bis wann sind sie mit der Untersuchung fertig?«, wollte Tresa wissen.

»Bis morgen.«

—

Maria füllte das Salatbüfett in der Stüva auf, hielt immer wieder inne und lauschte, ob sie die Kantinentür hörte. Es hatte sich bereits herumgesprochen, dass im Tunnel eine Frauenleiche gefunden worden war. Vielleicht kamen die Ersten zurück, die etwas gesehen hatten.

Da! Die Tür knallte zu. Schnell lief sie in die Kantine. Sie sah Julia, die sich auf einen Stuhl fallen ließ, müde zu ihr aufblickte, den Kopf mit den Händen abstützte.

Maria holte einen Grappa. »Da, trink das.«

Julia leerte das Glas in einem Zug. Offenbar war sie sich nicht bewusst, was sie da in sich hineinschüttete. Sie verzog das Gesicht und japste nach Luft.

»Das tut dir gut.« Maria setzte sich neben sie und strich ihr über den Rücken.

»Ich habe noch nie einen toten Menschen gesehen«, sagte Julia und starrte vor sich hin. »Und dann noch in diesem Zustand.«

»Sicher kein schöner Anblick«, sagte Maria. »Weiß man schon, wer die Frau ist und was sie im Tunnel gemacht hat?«

Julia schüttelte den Kopf. »Die Polizei hat die Ermittlungen gerade erst aufgenommen. Die Leiche wird nach Chur gebracht, mehr weiß ich auch nicht.«

»Siehst du? Ich hab's gesagt.«

»Was hast du gesagt?«

»Dass da etwas nicht stimmt.«

Julia starrte weiter vor sich hin. Maria war nicht sicher, ob sie ihr überhaupt zugehört hatte.

»Simon, Antonio. Das waren keine Unfälle.«

Julia hob den Kopf und schaute sie an. »Vielleicht.«

»Was vielleicht?«

»Ich weiß es doch auch nicht.« Julia erhob sich. »Ich muss noch meinen Bericht schreiben. Bis später beim Abendessen«, sagte sie und verschwand nach draußen.

—

Julia war schwindlig. Sie ging in den Trakt D und stieg die Treppe hinauf in den ersten Stock. Ihre Zimmertür war angelehnt. Hatte sie die heute Morgen nicht geschlossen? Sie stieß sie auf und blieb stehen. Blickte sich um. Alles war so, wie sie es am Morgen zurückgelassen hatte. Nur der Tisch. Da lag etwas. Sie ging näher. Stutzte. War das nicht …?

Auf dem Tisch lag ein Hirschkäfer. Zwischen seinen Zangen steckte ein Zettel. Sie streckte die Hand aus, griff mit spitzen Fingern nach dem Papier, zog daran und schrie auf. Der Käfer hatte sich am Papier festgehakt. Sie ließ den Zettel los, er fiel samt Käfer zu Boden. Dann nahm sie einen Bleistift und stupste ihn an. Keine Reaktion. Sie hielt mit dem Stift die Zangen fest und zog den Zettel heraus.

FRAUEN HABEN IM TUNNEL NICHTS ZU SUCHEN

stand da in krakeliger Schrift in Großbuchstaben. Es sah aus wie Kinderschrift. Oder hatte jemand die linke Hand benutzt, um seine Schrift zu verstellen?

Julia öffnete das Fenster, fädelte den Stift zwischen die Zangen und warf den Käfer auf die Wiese.

Sie ließ sich erschöpft aufs Bett fallen. War das heute nicht schon genug? Musste sich jetzt noch einer blöde Scherze erlauben? Den Spruch konnte sie langsam nicht mehr hören. Die Frau als Tunnelheilige und gleichzeitig als Unglücksbringerin? So ein Schwachsinn!

Gerne hätte sie Jan angerufen. Doch sie befürchtete, er würde wieder nicht abnehmen. Es würde ins Leere klingeln, und diese Leere hätte sie jetzt nicht ertragen.

Morgen würde sie abreisen. Sie freute sich auf Freiburg, auf ihre Wohnung. Mit oder ohne Jan.

Sie nahm ihren Laptop hervor und tippte den Bericht für ihre Firma. Als sie auf die Uhr oben rechts am Computerbildschirm schaute, war es bereits einundzwanzig Uhr. Mist. Eigentlich hätte sie, bevor die zweite Schicht aus dem Tunnel kam, essen wollen. Dann wäre da nicht so ein Gedränge gewesen. Aber jetzt war es zu spät. Die Kantine war sicher voll. In der Stüva essen wollte sie aber trotzdem nicht.

Maria saß ganz hinten und winkte ihr zu.

»Musst du nicht arbeiten?«, fragte sie Maria.

»Nein, ich bin vorhin nur kurz eingesprungen. Komm, setz dich.«

Auf ihrem Teller türmte sich ein Berg Kartoffelpüree und Gulasch. Sie stopfte eine Gabel voll in den Mund. »Den Kartoffelpüree kann ich dir sehr empfehlen. Auch wenn ich ihn nicht selber gemacht habe.« Sie lachte.

Julia blickte zur Warteschlange vor dem Büfett mit den Behältern. »Ist nicht gerade motivierend.«

»Es geht schnell. Die meisten lassen dich sowieso vor. Das ist der Vorteil der Frauen.«

Julia dachte an den Zettel in ihrem Zimmer. So konnte man es auch sehen.

Kaum hatte Julia die Schlange erreicht, winkte sie Sandro, der weiter vorne stand, zu sich und deutete an, sie solle sich vor ihn hinstellen. Fragend schaute sie den Rest der Reihe an, doch sie bekam nur aufmunternde Blicke. Sie ging zu Sandro und reihte sich vor ihm in die Schlange ein. Er schloss ziemlich nahe auf. Sie beugte sich vor, um an einen der Teller zu kommen. Als sie sich wieder aufrichtete, spürte sie Sandro hinter sich. Sie drehte sich ruckartig um. Sandro hob entwaffnend die Hände in die Höhe und trat einen Schritt zurück. Julia schöpfte Kartoffelpüree und Gulasch, das Gemüse, das etwas schlaff aussah, ließ sie weg. Sie griff nach einem Glas, berührte dabei leicht Sandros Hand. Sie zuckte zurück.

Maria zog die Augenbrauen in die Höhe, als sie wieder an den Tisch kam. Sie musste Julia beobachtet haben. »Nimm dich vor dem bloß in Acht.« Sie schaute zu Sandro hinüber, der an einem Tisch beim Eingang saß. »Sieht gut aus, aber das ist auch schon alles.«

Ob sie wohl aus eigener Erfahrung sprach, fragte sich Julia. Doch sie behielt die Frage für sich.

»Glaubst du's immer noch nicht?«, platzte Maria heraus, nachdem sie zwei Kaffee geholt hatte.

»Was glaube ich immer noch nicht?«

»Dass Antonio keinen Unfall hatte.«

»Bitte, Maria, jetzt fang nicht wieder damit an. Mir wird das zu viel.«

Sandro starrte Julia die ganze Zeit über an.

»Da hängt ein Fluch über diesem Tunnel«, sagte Maria bedeutungsvoll.

»Was für ein Fluch?«

Sandro deutete mit dem Kopf zur Tür. Was wollte er bloß?

»Keine Ahnung, aber anders ist das nicht zu erklären.«

»Du hast Ideen!«

Jetzt machte Sandro mit dem Zeige- und Mittelfinger Gehbewegungen, was wohl heißen sollte, sie solle mitkommen. Julia tippte mit dem Zeigefinger an die Schläfe.

»Das kann nicht mit rechten Dingen zugegangen sein. Und die Barbara ist auch verschwunden. Das ist ein Zeichen.«

Sandro hielt die Hand an sein Herz. Julia musste lachen. Dann wurde sie wieder ernst. »Ein Zeichen wofür?«

Maria dachte lange nach. »Keine Ahnung. – Aber es war kein Unfall.«

»Maria, die Menschen machen Fehler. Gerade wenn jemand müde ist, überhitzt von der Temperatur im Berg, der Stress. Das kann doch passieren.«

Maria schaute sie böse an.

»Klar ist das schrecklich«, fuhr Julia fort. »Und es tut mir auch sehr leid wegen Antonio.«

»Was macht das denn für einen Sinn? Wenn Gott so etwas zulässt, dann …«, sagte Maria.

»Es macht keinen. Das ist die falsche Frage! So kommst du nicht weiter.«

»Wenn wenigstens der Berg heruntergekommen wäre.« Tränen liefen über Marias Wangen. »Oder es eine Explosion gegeben hätte. Aber einfach so? Von einem Zug überrollt? Etwas, das überall passieren könnte? Dazu ist kein Tunnel nötig.« Ihr Kinn zitterte, sie verzerrte das Gesicht, lehnte den Kopf an Julias Schulter und weinte in ihr T-Shirt.

Julia strich ihr über die Haare, nahm sie in den Arm, versuchte sie zu beruhigen. Wiegte sie leicht hin und her.

Im Saal war es still geworden. Die Männer schauten betroffen zu ihrem Tisch. Nach ein paar Minuten hatte Maria sich etwas beruhigt. Ihr Gesicht war rot verquollen. Sie stand auf und ging zu dem Schrein, zündete eine Kerze an und stellte sie neben Antonios Foto. Er lachte in die Kamera. Doch sein Blick hatte zugleich etwas Ernstes. Ob er wohl geahnt hatte, dass dieses Bild einmal neben der heiligen Barbara stehen würde?

Julia schaute in die Runde. Die Männer waren wieder mit sich beschäftigt. Sie blickte zu Sandros Tisch. Sein Stuhl war leer.

Datum: Mittwoch, 11. Juli 2012 21:04
Betreff: AW: AW: AW: Es tut mir leid
Liebster,
Elena ist immer noch nicht aufgetaucht. Was soll ich denn nur machen?
Zur Polizei gehen kann ich nicht. Ich wollte es Dir eigentlich schon lange sagen, aber ich arbeite nicht wirklich im Service. Ja, eigentlich schon, aber etwas anders.
In den Klub, in dem ich arbeite, kommen eigentlich nur Männer. Und wir müssen nett zu ihnen sein und etwas trinken. Aber das ist auch schon alles. Ich schwör's!
Deine J.

Julia setzte sich aufs Bett. Ohne nachzudenken, wählte sie Jans Nummer. Doch es meldete sich niemand.

Sie hätte gerne mit ihm gesprochen. Sie dachte an Maria, ihre Verzweiflung, ihr Hadern mit Gott, der so etwas zuließ, etwas, das sie nicht nachvollziehen konnte. Offenbar könnte sie besser mit Antonios Tod umgehen, wenn jemand oder etwas dafür verantwortlich wäre. Aber Dinge passierten. Es gab kein großes Muster dahinter, keinen Plan. Jemand war zur falschen Zeit am falschen Ort gewesen. Mehr gab es dazu nicht zu sagen.

Julia hatte wieder Kopfschmerzen. Sie löschte das Licht und setzte sich im Schneidersitz aufs Bett, rieb sich die Augen.

Morgen würde sie abreisen. Auch wenn es ihr leidtat wegen Maria. Aber schließlich konnte sie ihr nicht helfen.

Sie schaute aus dem Fenster, ein paar Sterne waren am

Himmel zu sehen. Am Hang standen schwere schwarze Tannen. Die unteren Äste wirkten wie dicke Röcke. Julia fühlte sich leer. Ein Ast bewegte sich. Sie stand auf und trat ans Fenster. Es war schwer, in der Dunkelheit etwas zu erkennen. Vielleicht ein Vogel, der aufgeflogen war. Sie hielt inne, traute sich beinahe nicht zu atmen. War das eine Gestalt, die sich vom dunklen Umriss der Tanne löste?

Schnell trat sie vom Fenster weg, presste ihren Körper an die Wand. War da draußen jemand? Plötzlich musste sie lachen. Vielleicht war es einer der Arbeiter, der seine Notdurft lieber im Wald verrichtete. Sie ging zum Lichtschalter und wollte ihn gerade betätigen, da hörte sie Schritte. Jemand kam die Treppe herauf. Sie hielt inne. Lauschte. Jetzt waren die Schritte auf dem Flur zu hören. Sie kamen näher, dann blieb jemand stehen, direkt vor Julias Tür. Die Klinke wurde langsam hinuntergedrückt, die Tür öffnete sich beinahe geräuschlos. Sie sah die Umrisse eines Kopfes, tastete nach dem Lichtschalter, schrie auf. Da war bereits eine Hand auf dem Schalter. Das Licht ging an. Sandro stand vor ihr.

»Hast du sie noch alle!«, schrie sie ihn an.

Er hielt ihr die Hand auf den Mund, schloss mit der anderen die Tür und drückte sie an die Wand. Er küsste sie, auf den Hals, auf den Mund, seine Hand fuhr unter ihr T-Shirt. Er roch nach Tunnelstaub. Sie wollte sich wehren, doch sie spürte seine starken Oberarme, seine Wärme. Er trat etwas zurück, zog ihr das T-Shirt über den Kopf, küsste ihren Hals, die Brüste. Julia ließ den Kopf nach hinten sinken und atmete schwer. Er öffnete den Knopf ihrer Hose, zog den Reißverschluss hinunter, schob seine Hand unter ihren Slip. Sie stöhnte, packte ihn an seinen schwarzen Haaren.

»Nicht«, sagte sie leise, »ich habe ...« Er machte weiter.

»Bitte hör auf!« Sie stieß ihn zurück, er kippte nach hinten, fing sich wieder und schaute sie an.

»Es tut mir leid.« Sie hätte sich gerne an ihn gedrückt.

Ohne etwas zu sagen, verließ er das Zimmer.

Julia ließ sich rücklings aufs Bett fallen. Hielt die Hände vors Gesicht. Versuchte ihren Körper, der im ganzen Zimmer verstreut zu sein schien, wieder einzusammeln. Was hatte sie getan? Am liebsten wäre sie hinter Sandro hergelaufen, hätte ihn zurückgeholt. Sie wollte sie nochmals spüren, diese Wärme. Vielleicht nur für eine Nacht. Aber was dann? Was würde sie Jan sagen? Musste sie ihm überhaupt etwas sagen?

Ihr Handy klingelte. Es war Jan. Sie atmete ein paarmal tief durch, dann nahm sie ab.

Er fragte, wie es ihr gehe. Es kam ihr wie eine Ewigkeit vor, seit sie das letzte Mal mit ihm gesprochen hatte. Sie versuchte, möglichst normal zu klingen.

»Außer dass ich beinahe von einem Lastwagen überfahren worden bin und heute im Tunnel eine Leiche gefunden habe, geht es mir nicht schlecht.«

»Was hast du gefunden?«

»Da steckte eine tote Frau in einer Felsspalte.«

»Und wie ist sie da hingekommen?«

»Das weiß nur die heilige Barbara. Oder vielleicht nicht einmal die.«

»Wer?«

»Erklär ich dir ein andermal.«

»Muss ich mir Sorgen machen?«

»Jetzt nicht mehr.«

»Es tut mir leid, Julia, dass ich mich nicht gemeldet habe. Das war kindisch. Aber …«

»Siehst du?«, unterbrach ihn Julia. »Immer diese ›aber‹. Sag doch einfach, dass es dir leidtut, und Punkt.«

»Ich wollte es dir erklären.«

»Ich möchte keine Erklärung.«

»Dann eben nicht. Ich muss jetzt sowieso Schluss machen, Tom kommt zurück.«

»Habt ihr's schön?«

»Ja. Schon.«

Das klang nicht sehr überzeugend.

»Dann genieß es noch.«

»Du auch. Ich meine, pass gut auf dich auf.«

Julia war froh, dass sie nichts von der Gehirnerschütterung erzählt hatte. Das hätte Jan sicher zum Anlass genommen, um sie mit seinem ganzen medizinischen Wissen zu überschütten. Sie lehnte sich zurück, streckte sich aus, atmete tief durch. Dabei nahm sie Sandros Geruch wahr, der immer noch auf ihrer Haut klebte. Ob Jan etwas gemerkt hatte?

—

»Und hast du's hinter dich gebracht?« Tom kam aus dem Bad und trocknete sich mit einem Handtuch die Haare. Das Badetuch hatte er sich um die Hüfte gewickelt.

»Ja.« Jan lag ausgestreckt auf dem Bett. Im Fernseher lief eine Serie. Er hatte den Ton so leise eingestellt, dass beinahe nichts zu hören war.

»Und was hat sie gesagt?« Tom hielt den Kopf schief und schüttelte das Wasser aus dem Ohr.

»Dass es okay sei.« Jan glotzte weiter auf den Bildschirm.

»Dass du mit einer anderen im Bett warst?«

»Nein. Dass ich mich so aufgeführt habe.« Er nahm die Fernbedienung und stellte den Ton lauter.

»Du hast es ihr also nicht gesagt.«

»Wieso hätte ich es ihr sagen sollen?«

»Keine Ahnung.«

»Es würde sowieso nichts ändern. Außer, dass ich mein Gewissen erleichtern würde. Gestehen ist egoistisch. Und dann müsste sich Julia auch noch darüber den Kopf zerbrechen.«

»Ganz nach dem Motto: Was sie nicht weiß, macht sie nicht heiß.«

»Genau.« Jan drehte den Ton noch etwas auf.

»Was macht denn für dich eine Beziehung aus?« Tom sprach immer lauter.

»Spielst du jetzt den Psychologen?«

»Ich bin Psychologe. Und stell bitte den Ton leiser.«

»Aber ich nicht dein Patient.«

»Dann kannst du meine Frage ja beantworten.«

Jan schaltete den Fernseher aus. »Das ist schwierig.« Er dachte nach. »Dass man eine gemeinsame Vergangenheit hat? Dass man sagen kann, weißt du noch, damals, als …«

»Für gemeinsame Erlebnisse brauchst du keine Beziehung«, erwiderte Tom.

»Dass man ein gemeinsames Ziel verfolgt?«

»Wie zum Beispiel Kinder haben?«, fragte Tom.

»Du bist gemein!«

Fast hätte die Fernbedienung Toms Kopf getroffen. Im letzten Augenblick schaffte er es, in Deckung zu gehen.

Datum: Mittwoch, 11. Juli 2012 23:11

Betreff: AW: AW: AW: AW: AW: Es tut mir leid

Mein lieber Levente,

nein, so ist es nicht, Du stellst Dir das ganz falsch vor. Bitte komm nicht hierher! Das macht alles nur noch schlimmer. Ich habe den Chef nach Elena gefragt, und er weiß auch nichts. Ich melde mich, sobald ich etwas herausgefunden habe. Gib Anya einen dicken Kuss von mir. Schön, dass es ihr wieder besser geht.

J.

KAPITEL 10

Maria zog einmal mehr die Augenbrauen hoch, als Julia am Morgen die Kantine betrat.

»Was ist?«, fragte Julia und ließ einen Kaffee heraus.

»Ich habe dich gewarnt«, antwortete Maria.

Julia ging zum Zeitungsständer und holte die *Südostschweiz*. Über die Tote im Tunnel war nichts geschrieben. Sie blätterte weiter. Viel Brauchbares stand nicht im Blatt. Die Druckerschwärze kitzelte sie in der Nase. Sie musste niesen.

»Viva!«, rief Maria hinter dem Büfett hervor.

»Danke«, sagte Julia und griff in die Tasche ihrer Jeans. Doch anstatt eines Taschentuchs kam ein Zettel zum Vorschein.

Sie fuhr mit dem Handrücken über die Nase. Dann faltete sie das Papier auf.

DAS WAR EIN FEHLER

stand da in derselben krakeligen Schrift, in der auch der erste Zettel verfasst worden war. Sie schaute zu Maria, doch die war mit dem Einräumen von Geschirr beschäftigt.

Was war ein Fehler? Hatte sie gestern Nacht jemand mit Sandro beobachtet? Oder was meinte er damit? Und wer konnte unbemerkt in ihr Zimmer gehen? Vielleicht während sie duschte?

Sie ging zu Maria und streckte ihr den Zettel hin. »Was soll das?«

Maria las laut vor. »›Das war ein Fehler‹. – Keine Ahnung. Wo hast du das her?«

»Hast du das geschrieben?«

»Ich? Wieso sollte ich?«

»Du scheinst ja offenbar über alles Bescheid zu wissen.«

Maria lachte. »Nein, das weiß ich nicht. Ich kann nur eins und eins zusammenzählen.« Sie deutete auf Julias Hals.

Julia schaute nach unten, sah aber nichts. »Was ist damit?«

»Auf der Toilette gibt es einen Spiegel.«

»Jetzt tu nicht so geheimnisvoll!«

»Das musst du dir schon selber anschauen.«

Julia ging zur Toilette und betrachtete sich im Spiegel. Auf ihrem Hals prangte ein Knutschfleck der größeren Sorte. Sie rieb darauf herum, doch wollte er nicht verschwinden.

Als sie zurückkam, starrte Maria immer noch auf den Zettel in ihrer Hand. »Vielleicht ist damit etwas ganz anderes gemeint. Was weiß ich«, sagte sie und streckte Julia den Zettel hin. »Sicher nur ein Dummebubenstreich. Jemand wird euch beobachtet haben.« Sie nahm einen Lappen und begann, den Chromstahl zu polieren.

»Das wird es wohl sein«, sagte Julia gereizt.

»Was erwartest du denn?« Maria hielt mit dem Putzen

inne und schaute auf. »Du reist ja sowieso ab. Eigentlich kann dir das alles egal sein.«

»Da hast du recht«, sagte Julia. »Ich reise ab, und zwar je schneller, desto besser. Schließlich habe ich meinen Job erledigt.«

Maria fuhr mit dem Lappen immer auf derselben Stelle herum, obwohl der Chromstahl bereits glänzte.

»Da kommt Stettler«, sagte Julia. Sie ließ Maria stehen und ging mit dem Baustellenleiter in die Stüva.

Er musterte ihren Hals, sagte aber nichts. »Wir haben ein Problem«, meinte er stattdessen, nachdem sie sich gesetzt hatten.

»*Marta*?«

Stettler nickte. »Offenbar wurden die Räumer nicht gereinigt …«

»Aber ich habe die Männer speziell angewiesen, die Räumer zu …«

»… und der Maschinenfahrer ist mit voller Fahrt in den Berg gefahren. Mit dem Resultat, dass sich der Bohrkopf verklemmt hat.«

»Das darf doch nicht wahr sein! Wer war auf der Maschine?«

»Bondolfi.«

»Sandro?«

»Genau der.«

»Und das können nicht die Maschineningenieure machen? Ich wollte eigentlich am Mittag abreisen.«

»Ich weiß, dass Sie heute abreisen wollen, aber ich wäre
Ihnen sehr dankbar, wenn Sie einen Blick auf die Maschine werfen könnten.« Stettler schaute sie flehend an.

›Ein Blick‹ war gut. Das würde sicher mehrere Stunden dauern, wenn nicht Tage.

»Okay, ich schau es mir an.«

—

»Und wieso kommen die nicht selber her, wenn sie alles besser wissen?« Tresa knallte den Hörer auf, blickte zu Franco, der zusammenzuckte.

»Was?«

»Sind wir eigentlich die Laufburschen der Churer?« Sie ging zur Kaffeemaschine, das Mahlwerk heulte auf.

»Wieso? Schicken die niemanden her?«, versuchte Franco die Maschine zu übertönen.

»Eben nicht. Sie haben zu wenig Personal. Zurzeit. Sagen sie. Aber vielleicht in ein paar Tagen.« Tresa nahm eine Packung Milch aus dem Kühlschrank, füllte den Milchschäumer und stellte ihn an.

»Hat die Rechtsmedizin wenigstens etwas herausgefunden?«

»Ja, sie haben eine Computertomografie gemacht, um das Bruchmuster zu analysieren. Demnach ist die Frau nicht gestürzt, sondern sie bekam einen Stein auf den Kopf. Ob der einfach runtergefallen ist oder ob es ein geführter Schlag war, können sie nicht sagen. – Und es handle sich um eine Prostituierte.«

»Und wie kommen die darauf?«

»Das frage ich mich auch. – Mist!« Die Milch lief über den Rand des Schäumers hinaus. Es bildete sich ein kleiner See. »Anhand der Kleidung hätten sie das feststellen können.« Sie nahm einen Lappen und wischte die Milch weg. »Als ob jede Frau, die einen Mini trägt, eine Prostituierte ist.«

»Und wer ist die Frau?«, fragte Franco.

»Das wissen sie natürlich nicht. In der Handtasche, die gefunden wurde, war kein Ausweis. Für Chur noch ein Beweis mehr, dass es sich um eine Prostituierte handelt. Und zwar um eine illegale.« Sie goss den Milchschaum in eine Tasse, dann den Kaffee dazu.

»Und jetzt?«

»Jetzt sollen wir alle einschlägigen Etablissements absuchen.«

»Wir? Das heißt du und ich? Sie schicken wirklich niemanden?«

Tresa schüttelte den Kopf.

»Das heißt, wir machen die ganze Arbeit.«

»Genau. Aber die Herrschaften in Chur wären gerne informiert.« Sie löffelte den Milchschaum.

»Soso.«

»Willst du auch einen?«

»Wie?«

»Einen Kaffee.«

»Aber ohne dieses Schaumzeugs.«

Tresa ließ die Maschine nochmals aufheulen und stellte die volle Tasse auf Francos Schreibtisch.

»Wo fangen wir an?«, fragte er.

»Mit den Bordellen natürlich.«

»Lass mich überlegen«, sagte Franco. »An einschlägigen Lokalen, wie es die Churer nannten, haben wir das

Edelweiß in Mazzaselva, das *Alpenglück* in Repiano und das *Aurora* in Monda.«

»Du kennst dich aber gut aus.«

Franco spürte, wie ihm die Hitze in den Kopf stieg. »Ist doch mein Job, die einschlägigen Etablissements zu kennen, oder etwa nicht? Und schließlich gehört die Prostitution zur menschlichen Existenz.«

»Du meinst, das älteste Gewerbe ist gottgegeben?«

»Gott? Weiß gar nicht, ob der damit etwas …«

»War bloß ein Witz.«

Franco schwieg.

»Das mit Gott, meine ich. Der Rest nicht. Ihr Männer meint, dass es normal ist, eine Frau zu kaufen. So wie es normal ist, wenn man hungrig ist, zu essen. Aber wer sagt das?«

Franco schwieg immer noch.

»Wie geht es übrigens Madlaina?«

»Sie muss immer noch liegen. In einer Woche sollte es so weit sein.« Franco war froh, dass Tresa das Thema wechselte.

Das *Edelweiß* hatten sie schnell erledigt. *Betrieb geschlossen* stand auf einer Tafel, die an der Eingangstür angebracht war. Sie drückten die Klingel. Doch es passierte nichts.

»Die haben dichtgemacht«, sagte ein Mann, der plötzlich hinter ihnen auftauchte. Franco hatte ihn auch schon gesehen, wusste aber nicht, wie er hieß.

»Wieso das? Das war doch bis vor Kurzem noch offen«, sagte Franco.

»Hat sich nicht rentiert. Drei Nachtklubs in der Region sind auch mehr als genug. Da hat man vom Bau des Tunnels zu viel erhofft. Die meisten Arbeiter fahren in die Stadt, wenn sie schon einmal im Auto sitzen. Die wollen nicht auf ihre Kollegen vom Tunnel treffen.«

»Wie lange ist es schon zu?«, wollte Franco wissen.

»Erst seit ein paar Tagen. Die haben es überschätzt, wie die Restaurants und Läden. Die Arbeiter essen meistens in der Kantine und haben nicht viel Freizeit. Arbeiten, essen, schlafen. So hat das mir zumindest einer erzählt. Da bleibt nicht viel übrig.«

»Wissen Sie, ob das *Alpenglück* noch offen ist?«

»Das ist es, soviel ich weiß. Sagen Sie der Claudia einen Gruß von mir.« Als die beiden nicht reagierten, ergänzte er: »Das ist die Besitzerin.«

»Und Sie sind?«

»Sagen Sie ihr einfach einen Gruß vom Renzo.«

Die Besitzerin des *Alpenglück* führte sie in einen Raum, der aussah wie eine ganz normale Stube. Sie schauten sich verwundert um.

»Sie haben wohl mehr Plüsch erwartet?«, fragte Claudia Cattaneo.

Franco betrachtete ihre Fingernägel. Die Nagelenden waren mit einem Leopardenmuster verziert. Auf einigen waren Glitzersteinchen aufgeklebt.

»Das ist meine Privatstube, die Bar ist im hinteren Bereich, die Zimmer oben. Aber dort ist zurzeit niemand. Bitte setzen Sie sich«, sagte Cattaneo mit einer einladenden Handbewegung. Die Nägel glitzerten. »Wollen Sie etwas trinken?«

Tresa verneinte. Franco nickte. Als ihn Claudia Cattaneo fragend anschaute, kratzte er sich verlegen am Kopf und schaute auf seine Schuhe.

»Läuft das Geschäft nicht gut?«, fragte Tresa.

»Es könnte besser sein. Wir haben das etwas überschätzt.«

»So wie das *Edelweiß*«, ergänzte Tresa.

»Genau. Wie kann ich Ihnen helfen?«

»Vermissen Sie eine Angestellte?«

Cattaneo wollte gerade etwas sagen, da klingelte Francos Handy. »Madlaina«, flüsterte er Tresa zu. Sie nickte. Er verließ die Stube und nahm ab, aber er hatte keinen guten Empfang. Er ging nach draußen.

»Ist es so weit?«, fragte Franco. Er trat von einem Fuß auf den anderen. Doch Madlaina wollte nur wissen, wo die Handdüse des Dampfreinigers ist.

»Wozu brauchst du die?«

Sie wolle das Bad putzen, antwortete Madlaina.

»Aber doch nicht in deinem Zustand! Du darfst doch gar nicht aufstehen! Das mache ich heute Abend«, sagte Franco.

»Das hast du schon gestern gesagt«, erwiderte Madlaina.

»Das wollte ich auch, aber dann kam diese Leiche im Tunnel dazwischen.«

»Es kommt immer irgendetwas dazwischen.«

»Ich mache es heute Abend. Versprochen.«

»Wir werden sehen.«

»Und wenn nicht, ist es auch nicht so schlimm. Das Bad läuft nicht weg.«

»Aber ich möchte doch …« Ihre Stimme begann zu zittern. Sie war anscheinend den Tränen nahe.

»Madlaina, es ist alles in Ordnung. Mach dir einen schönen Nachmittag, ruh dich aus, ich komme so schnell wie möglich nach Hause.« Er beendete das Telefonat und schaute auf den Berg gegenüber. Die Sonne stand direkt über ihm, die Landschaft schien keine Tiefe zu haben, eine glatte Fläche. Die Lärchen wirkten noch spitziger und abweisender als sonst. Er fühlte sich hilflos, wusste nicht, wie er Madlaina helfen sollte. Der Arzt hatte ihr Bettruhe verordnet. Schon mehrere Wochen musste sie liegen. Und er konnte nichts für sie tun.

Da hörte er ein Kichern. Er ging ums Gebäude herum. Auf einer Bank saßen drei leicht bekleidete Frauen und sonnten sich. Als sie ihn sahen, packten sie schnell ihre Sachen zusammen und verschwanden im Haus.

»Dann würde ich gerne Ihre Bewilligung und die Liste Ihrer Angestellten sehen«, sagte Tresa, als Franco die Stube wieder betrat.

Cattaneo nahm eine Mappe von einer Kommode. »Hier ist alles drin. Alles legal.«

»Und wieso rennen sie davon, wenn sie einen Polizisten sehen?«, fragte Franco.

»Wer rennt davon?« Tresa blätterte in den Papieren.

»Die halbnackten Frauen hinter dem Haus.«

»Überrascht Sie das?«, fragte die Frau mit den Leopardenfingernägeln.

»Wegrennen tun nur die, die ein schlechtes Gewissen

oder etwas zu verbergen haben.« Franco setzte sich neben Tresa.

»Oder die, die schlechte Erfahrungen mit der Polizei gemacht haben«, gab die Besitzerin zurück.

Tresa reichte ihr die Unterlagen und erhob sich. »Ist alles in Ordnung. – Gehen wir?«

Eine Angestellte des *Aurora* bat sie, sich an die Bar zu setzen, und fragte, ob sie etwas trinken wollten. Bevor Tresa etwas sagen konnte, bestellte Franco Kaffee.

Der Chef komme gleich, sagte die Frau und machte sich an der Kaffeemaschine zu schaffen.

Die Musik war ziemlich laut. Von den kleinen Tischen waren nur die vordersten zwei besetzt. Auf der Bühne verrenkte sich eine Tänzerin um eine Stange herum. Franco schielte immer wieder zu ihr hinüber. Die Angestellte brachte den Kaffee.

Ein Mann im Anzug kam hereingeschwebt und stellte sich als der Barbesitzer Thomas Zehnder vor.

»Vermissen Sie eine Ihrer Angestellten?«, fragte ihn Franco.

»Vermissen?« Er war sichtlich überrascht. »Nein, es sind alle da. Wollen Sie sie sehen?«, fragte Zehnder, ein glatt rasierter, dynamischer junger Mann. Franco hätte ihn eher in einer Bank vermutet als in einem Bordell. Tresa winkte ab. »Wir wissen ja nicht, wie viele es sein sollten. Aber eine Aufstellung sämtlicher Angestellten, die sie beschäftigen, die würden wir gerne sehen. Und Ihre Bewilligung.« Zehnder kam mit einem Ordner zurück und legte ihn schwungvoll vor ihr auf die Bar.

»Da ist alles drin, was Sie brauchen.«

Tresa blätterte den Ordner durch und stellte Zehnder weitere Fragen, Franco beobachtete wieder die Tänzerin. Sie verrenkte ihre Beine so, dass es einem fast wehtat beim Zusehen. Jetzt ging sie auf allen vieren auf die Gäste in der vordersten Reihe zu. Öffnete den Mund wie ein hungriges Tier. Hinten bewegte sich der rote Vorhang. Oder hatte Franco sich das nur eingebildet? Vielleicht die nächste Tänzerin, die auf ihren Auftritt wartete?

KAPITEL 11

Am Abend ging Julia spazieren. Sie war den ganzen Tag an der Maschine gewesen, um zu flicken, was Sandro verbockt hatte. Er konnte ihr nicht erklären, wieso er so unvorsichtig gewesen war und was er sich dabei gedacht hatte. Vielleicht wollte er auch nicht. Sie hatten nur ein paar Worte gewechselt, und er hatte sie dabei nicht einmal angeschaut. Aber es war auch egal. Hauptsache, *Marta* lief wieder.

Sie hatte ihr Handy mitgenommen, in der Hoffnung, Jan würde sich melden. Doch da war nichts. Sie wanderte den Berg hoch, über dicke Wurzeln, der Boden war stellenweise mit Lärchennadeln vom Vorjahr übersäht. Vor einem Ameisenhaufen blieb sie stehen. Die Tiere krabbelten wild durcheinander, ziellos. So schien es ihr jedenfalls. Doch sie wusste, dass dem nicht so war. Jede Ameise hatte ihre Aufgabe, was hier so chaotisch aussah, war in Wahrheit ein ausgeklügelter Plan. Es erinnerte sie an eine Tunnelbaustelle. Hier war auch nicht immer ersichtlich, wieso ein Arbeiter nun dies oder das tat. Doch am Schluss war das Loch gebohrt.

Gab es doch einen größeren Zusammenhang, einen Plan hinter allem, der nichts dem Zufall überließ? Wie hier die Muster, Regeln und Abläufe, die für Außenstehende nicht ersichtlich waren?

Sie kauerte sich hin und versuchte einer Ameise zu folgen, was in dem Getümmel recht schwierig war. Immer wieder verlor sie das Insekt beinahe. Es kreuzte andere Ameisen, krabbelte über sie hinweg oder wurde überrannt, dann verschwand es unter einem Blatt und kam wieder hervor. Ob es wirklich dasselbe war? Julia war sich nicht sicher.

Plötzlich hörte sie Geräusche hinter sich. Ein Hund kam hinter einem Busch hervorgeschossen, sprang auf sie zu, fuhr mit der Zunge über ihre Wange, Julia sprang auf. Dann schnüffelte er im Ameisenhaufen herum, machte einen Satz, und schon war er wieder fort. Julia hörte jemanden pfeifen, dann den Hund loben. Sie wischte sich mit dem Ärmel die Wange ab, sah wieder zu den Ameisen. Der Hund musste mit seiner Pfote mitten in den Haufen gestapft sein. An einer Seite glich er eher einem Steinbruch. Weiße Eier lagen überall herum. Die Ameisen sammelten sie ein und brachten sie in Sicherheit, nach ein paar Minuten war alles wieder aufgeräumt.

Aber war dieser Hund nun auch Teil des Plans? Wohl kaum. Da war ein Hund, eine Pfote, Ursache und Wirkung. Reiner Zufall. Kein Plan. Keine Vorbestimmung. Dies hieß aber auch, dass jeder für sich selber entscheiden konnte oder musste und für sein eigenes Leben verantwortlich war.

Und wie war *ihr* Plan? War es derselbe, den Jan hatte? Wie weit würde sie gehen, um mit ihm gemeinsam durchs Leben zu gehen?

Sie hatte nie Kinder gewollt. Als ihre Freundinnen von Puppenstuben schwärmten, spielte sie mit den Buben mit der Holzeisenbahn. Sie konnte sich nicht als Mutter vorstellen. Eingesperrt in einer Wohnung, mit anderen Müttern auf dem Spielplatz. Und auch wenn Jan versprach, seinen Beitrag zu leisten – in ihrem Bekanntenkreis waren alle gescheitert. Doch als Frau keine Kinder zu wollen war wie ein wasserscheuer Fisch.

Bedeutete das nun das Ende für ihre Beziehung? Sie setzte sich auf eine Bank und schaute ins Tal. Eine Felswand schwang sich hinter ihr in die Höhe. Unten sah sie die Baustelle, die Baracken, die Kantine, das Tunnelportal. Wie ein kleines Dorf lagen sie da unten, eine Miniwelt. Und Stettler war der Präsident. Sie nahm ihr Handy hervor. Was sollte sie Jan noch schreiben? Dass sie Angst hatte, ihn zu verlieren? Dass sie ihn gebraucht hätte?

Ein Stein kullerte neben ihr in die Tiefe. Natürliche Erosion, dachte sie, die Berge neigen sich dem Tal zu. Wenn das ewige Eis so weiterschmilzt, wird bald noch mehr herunterkommen. Ob die Erde irgendwann mal topfeben sein wird?

Aus dem Augenwinkel nahm sie einen Schatten wahr, der sich bewegte. Sie drehte den Kopf, sah aber nichts. Vielleicht ein Vogel? Sie schaute wieder aufs Tal hinunter. Sah ein Auto, das Richtung Dorf fuhr. Ein paar Leute standen vor der Kantine. Ob Sandro auch schon aus dem Tunnel zurückgekehrt war?

Sie hörte hinter sich Steine rieseln, zuerst ein paar wenige, dann immer mehr. Sie drehte sich um. Eine Steinlawine rollte auf sie zu.

Maria stand mit ein paar Arbeitern vor der *Cantina Tschiervi* und rauchte. Einer hatte eine Flasche Wein dabei und ließ sie zirkulieren. Die Arbeiter machten einen Witz nach dem anderen. Es war der letzte Abend vor ihrem Zehntage-Urlaub.

Einer, der bereits etwas angetrunken war, fragte Maria, wo denn ihre hübsche Freundin sei.

»Welche Freundin?«, fragte Maria zurück.

Der Mann verzog das Gesicht. »Na, die Deutsche!«

»Ach so. Keine Ahnung.«

»Die Frage ist doch, wo Sandro ist«, sagte ein anderer. Seine beiden Oberarme waren von Tattoos übersät.

Alle lachten.

»Was ist denn das?«, fragte einer und zeigte den Berg hoch.

Nun sah es Maria auch. Direkt oberhalb der Baustelle kollerten ein paar Steine den Berg herunter. Eine kleine Staubwolke hatte sich gebildet.

»Da muss sich ein Stein gelöst haben.«

»Steine lösen sich nicht einfach so«, sagte Maria.

»Vielleicht war es ein Steinbock?«

»Oder ein anderer Bock?«

Die Männer lachten.

—

Julia fröstelte, obwohl es immer noch warm war. Die Steine waren mit riesiger Wucht in die Tiefe gestürzt. Sie hatte im letzten Augenblick zur Seite springen können.

Sie starrte noch immer in die Tiefe. War das ein Zufall? Oder hatte es wirklich jemand auf sie abgesehen? Der Lastwagen im Tunnel, der Zettel mit dem Hirschkäfer, der Zettel in ihrer Hosentasche. Jemand musste sie auf Schritt und Tritt beobachten. Wollte, dass sie ging. Aber wieso? Damit der Tunnel nicht fertig wurde? Weil Frauen im Tunnel nichts zu suchen haben? Oder ging es um sie persönlich? Sollte sie zur Polizei gehen? Sie dachte an die Polizistin, die ihr die Visitenkarte gegeben hatte. Aber was sollte sie denen sagen? Dass sie sich bedroht fühlte, Angst hatte? Hatten nicht alle Angst, die in einem Tunnel arbeiteten? Gehörte das nicht ein Stück weit dazu?

Jan. Sie hätte gerne mit ihm gesprochen. Vielleicht sollte sie nochmals versuchen, ihn anzurufen. Doch da war noch das mit Sandro. Würde sie ihr schlechtes Gewissen nochmals überspielen können? Vielleicht sollte sie sich Sandro anvertrauen. Oder Maria? Aber die war nicht gut auf sie zu sprechen. Am besten, sie würde morgen einfach abreisen, nach Hause fahren. Schließlich hatte sie ihren Auftrag erledigt.

Sie griff nach ihrem Handy, da war eine SMS von Jan gekommen. Sie drückte auf *Zeigen*.

Ich habe mit einer anderen Frau geschlafen. J. Mehr stand nicht da. Julia setzte sich hin. Sie wusste nicht, was sie mehr enttäuschte. Der Inhalt der Botschaft oder die Art, wie sie Jan überbrachte.

Hätte er ihr das nicht gestern Abend ins Gesicht oder

besser ins Ohr sagen können? So ein Feigling! Am liebsten hätte sie ihr Handy ins Tal geschmettert. Doch sie brauchte es noch. Wie konnte er nur. Sie griff nach einem

Ast, der am Boden lag, und schlug damit auf einen Stein. Der Ast zerbrach. Sie stand auf, ging zur nächsten Tanne und trat dagegen, zuerst mit dem Fuß, dann mit den Händen. Sie schlug auf die raue Oberfläche, bis die Handflächen schmerzten. Dann sank sie auf die Knie, rollte sich zusammen und begann zu weinen.

Es war schon beinahe dunkel. Bereits von Weitem sah sie ein paar Männer draußen vor dem Trakt A stehen und rauchen. Um in ihr Zimmer zu gelangen, musste sie an ihnen vorbei. Sie wollte niemanden sehen. Sie musste scheußlich aussehen, wenn sie so aussah, wie sie sich fühlte. Ihr Gesicht war sicher rot und aufgequollen. Aber sollte sie wirklich warten, bis die Männer fertig geraucht hatten und verschwanden? Das war ihr zu blöd. Sie ging an der Gruppe vorbei, grüßte und lief schnell weiter. Die Männer grüßten zurück. Nur einer nicht. Er starrte auf seine Stiefel. Sandro.

Verletzter männlicher Stolz, dachte Julia.

Datum: Donnerstag, 12. Juli 2012 23:38
Betreff: Polizei!
Lieber Levente,
heute sind zwei Polizisten vorbeigekommen und haben mit dem Chef gesprochen. Ich hab das Gespräch belauscht. Ob er eine seiner Frauen vermisse. Mein Chef hat Nein gesagt. Was denn mit der Frau sei, wollte er wissen. Sie gaben ihm keine Antwort.
Ich wäre gerne bei euch! Zu Hause!
Deine J.

KAPITEL 12

Datum: Freitag, 13. Juli 2012 07:32
Betreff: Elena!
Liebster,
heute Morgen stand es in der Zeitung. Eine Kollegin hat es mir übersetzt. Eine Frau wurde in einer Felsspalte im Tunnel gefunden. Es hatte ein Bild dabei. Das ist Elena! Die Polizei weiß noch nicht, woran sie gestorben ist. Sie suchen Zeugen. Es ist alles so schrecklich. Ich möchte nach Hause kommen. Aber ich habe doch keinen Pass!
J.

Die Untersuchung der Bordelle hatte nichts ergeben. Im ganzen Kanton war auch keine Vermisstenmeldung eingegangen. In Zürich und Genf gab es ein paar wenige vermisste Personen, aber die entsprachen nicht dem Profil der Toten. Die Frau blieb eine Jane Doe, eine nicht identifizierte Person. Auch die versprochene Verstärkung aus der Hauptstadt ließ auf sich warten.

Franco hatte am Nachmittag alle Arbeiter und den Baustellenchef befragt, doch niemand schien etwas gesehen oder gehört zu haben.

»Wie geht es jetzt weiter?«, fragte Franco und rührte in der Kaffeetasse, obwohl der Zucker schon längst aufgelöst war. Er hatte schlecht geschlafen. Madlaina war die ganze Nacht unruhig gewesen, war immer wieder aufgestanden, zur Toilette gegangen. Als sie endlich einschlief, hatte sie zu wimmern begonnen. Er traute sich nicht, sie zu wecken. Jetzt, wo sie endlich schlafen konnte.

Er hatte immer wieder an die Blutlache denken müssen. Wie er damals erwachte, weil es feucht war im Bett. Wie er dachte, Madlaina habe wieder geschwitzt. Wie er im Dunkeln die Flecken gesehen und das Licht angezündet hatte.

»Keine Ahnung«, sagte Tresa.

»Wie?«

»Keine Ahnung, was wir jetzt machen«, wiederholte Tresa, ohne von ihrer Akte aufzublicken. »Wir sind zu wenige. Das macht so keinen Sinn.«

»Wir müssten jeden einzelnen Arbeiter befragen.«

»Ich schätze, das sind etwa zweihundert.« Tresa schaute von ihrer Akte auf. »Dazu brauchen wir Wochen, wenn nicht Monate.«

»Und auch die Leute vom Dorf.«

»Vielleicht bringt der Zeugenaufruf heute in der Zeitung etwas.«

»Vielleicht.« Er starrte in seine Kaffeetasse.

»Was kann ich denn dafür?«, fragte Tresa. »Jemand muss hier die Stellung halten. Wir können nicht beide den ganzen Tag auf der Baustelle herumrennen.«

»Klar kannst du nichts dafür«, sagte Franco, obwohl er fand, dass Tresa es mit ihrer Tunnelangst übertrieb.

Doch das getraute er sich nicht zu sagen. »Kennst du Maria Coretti?«, fragte er stattdessen.

»Wen?«

»Sie arbeitet in der Kantine. Sie ist die Verlobte von Antonio Albertini.«

»Was ist mit der?«

»Die hat mir die Ohren vollgeschwatzt. Meinte, dass das keine normalen Unfälle seien.«

»Was meint sie damit?«

»Dass es nicht mit rechten Dingen zuginge in diesem Tunnel.«

»Wie jetzt?«

»Sie hat da was von bösen Kräften im Berg gesagt.«

»Oje!«

»Das hab ich auch gesagt. Scheint mir ziemlich abergläubisch, die gute Frau.«

»Apropos Aberglaube«, sagte Tresa. »Die heilige Barbara wurde entwendet.«

»Ach ja? Davon hat mir niemand etwas gesagt.«

»Sie haben sie auch rasch wieder ersetzt. Ich weiß es vom Pfarrer, der musste die Neue segnen. Es ist alles ziemlich schnell gegangen.«

»Das glaube ich. Sonst bringst du keinen Arbeiter in den Tunnel rein. Weiß man, wer's war?«

»Irgendein Spaßvogel«, meinte Tresa.

»Das kann ich mir nicht vorstellen. Mit der heiligen Barbara wird nicht gespaßt.«

Franco hatte die Türglocke beinahe überhört. Tresa machte gerade einen Kaffee, das Mahlwerk der Kaffeemaschine hatte alles übertönt. Er ging nach vorn. Vor dem Schalter stand eine junge Frau. Sie war sehr hübsch und hatte lange helle Haare.

»Ich, ich möckte …« Sie sprach gebrochen deutsch. Franco versuchte, sie zu verstehen, herauszufinden, was die Frau von ihm wollte. Vergeblich. Sie wurde immer nervöser, fingerte an ihrer Tasche herum. Er führte sie in das kleine Zimmer, das als Verhörraum diente, bat sie, sich zu setzen, und rief Tresa dazu.

»Wie heißen Sie?«, fragte Tresa mit ihrer ruhigen tiefen Stimme.

Anstatt zu antworten, kramte die Frau eine Zeitungsseite aus ihrer Handtasche. »Bitte nicht sagen Chef ich hier.«

»Wer ist denn Ihr Chef?«

»Herr Zehnder.«

»Vom *Aurora*?«

Die Frau schaute auf die Tischplatte und nickte.

»Ich Elena schuldig.«

»Elena?«

»Sie verschwunden.« Die Frau war etwas ruhiger geworden. Franco staunte einmal mehr über die Wirkung, die seine Kollegin auf die Leute hatte.

»Sie hat mit Ihnen zusammengearbeitet? Im *Aurora*?«

Die Frau nickte.

»Wann haben Sie sie das letzte Mal gesehen?«

»Dienstag. Woche vorher. Mittag.«

»Vorletzten Dienstag? Und wieso sind Sie nicht schon früher gekommen?«

»Ich illegal hier.« Sie fuhr mit der Hand über die Tischplatte.

Franco pfiff durch die Zähne. »Dieser geschniegelte Zehnder.«

»Er genommen Pass.«

»Und wieso sind Sie in die Schweiz gekommen?«

»Ich gedacht Arbeit in Küche. Nicht so was.« Sie blickte auf ihre Hände. Die Fingernägel waren mit feinen Blumenmustern verziert. Durch einen war ein kleiner Ring gezogen. Franco stellte sich solche Nägel bei Madlaina vor. Aber wie würde sie damit den Garten machen?

»Und Sie haben die Frau erkannt?« Tresa zeigte auf das Bild in der Zeitung.

Die Frau starrte es lange an.

»Ja, das Elena.« Tränen liefen ihr der Nase entlang und tropften auf die Tischplatte.

Franco hielt ihr ein Taschentuch hin. Sie schnäuzte sich.

»Wer das tun?«

»Wir wissen es nicht. Wo haben Sie Elena das letzte Mal gesehen?«

»Wir machen Suppe in Zimmer. Dann sie gegangen. Sie Kunde. Ich später.«

»Wissen Sie, was das für ein Kunde war?«

»Nein. Das nur wissen Chef.«

»Wir werden mit Zehnder sprechen müssen.«

Die Frau sprang auf. »Aber nicht verraten! Bitte!«

 »Wir bringen Sie an einen sicheren Ort, bis alles geregelt ist.« Tresa nahm sie am Handgelenk und bat sie, sich wieder zu setzen.

»Und Ausweis?«

»Den holen wir bei Ihrem Chef, keine Bange«, sagte Franco.

»Jetzt brauchen wir aber noch Ihren Namen«, sagte Tresa ruhig.

»Janka. Janka Szábo.«

—

Julia hatte so tief geschlafen, dass sie zuerst nicht wusste, wo sie war. Langsam kamen die Erinnerungen wieder zurück. Die Ameisen, der Hund, der Steinschlag.

Ihr Handy klingelte. Doch sie konnte es nicht finden. War es im Bett? Oder unter dem Bett? Wo hatte sie es bloß hingetan? Als sie es endlich gefunden hatte, war es bereits wieder stumm. Es war Stettler, der sie vom Baubüro aus anrief. Sie rief zurück, doch es war besetzt.

Was er wohl von ihr wollte? Sich von ihr verabschieden und ihr viel Glück wünschen? Wohl kaum. Oder war wieder etwas mit *Marta*?

Julia zog sich an, verließ die Baracke und stieg die Treppe zum Baubüro hinauf. Sie klopfte an die Tür; als sich niemand meldete, trat sie ein. Stettler war am Telefon. Er hatte Schweißtropfen auf der Stirn, mit der freien Hand gestikulierte er wild herum.

»Das wissen Sie so genau wie ich, solche Dinge kann man nicht voraussehen ... Sie wurden rechtzeitig informiert, alles ...«, er wurde lauter, »alles ist genau nach Vorschrift ...«

Stettler sah sie an, doch er schien sie nicht wahrzunehmen. Er holte tief Luft, um dann wieder in den Hörer zu brüllen.

Julia ging hinaus und schloss sachte die Tür hinter sich.

Sie würde es später nochmals versuchen, offenbar war es nicht so dringend. Stettler hatte andere Sorgen. Er musste sich mit der Bauherrschaft herumschlagen, die den Wassereinbruch offenbar nicht einfach so zur Kenntnis nahm.

Sie hatte keine Lust, in die Kantine zu gehen. Maria war bestimmt noch sauer auf sie. Sicher fühlte sie sich von ihr im Stich gelassen, was Julia verstand. Doch sie wollte mit alldem hier nichts mehr zu tun haben.

Im *Bären* roch es nach abgestandenem Zigarettenrauch, obwohl Rauchverbot war. Julia setzte sich in eine der Nischen, die wie hölzerne Zugabteile aussahen. Es dauerte, bis die Wirtin kam. Julia bestellte ein Frühstück, die Frau sah auf die Uhr, schüttelte den Kopf und trottete davon.

Julia versuchte, durch die vergilbten Vorhänge nach draußen zu schauen. Doch sie sah nicht viel. Ein paar Zimmerpflanzen mit violetten Blättern standen ihr im Weg. Sie hätte lieber vor dem Restaurant am Gartentisch Platz genommen. Doch sie hatte keine Lust, jemanden zu treffen.

Die Wirtin kam zurück. Auf dem Teller lagen ein Croissant und ein Brötchen, je eine Portion Butter und Konfitüre. Dazu zwei silbrige Kännchen, eines etwas größer als das andere. Als Letztes brachte sie einen kleinen Abfalleimer aus Plastik mit der Aufschrift *Ovomaltine*. Der Kaffee schmeckte etwa gleich schlecht wie in Deutschland. Sie nahm nur ganz wenig und verdünnte ihn mit viel Milch. Das Brötchen war auch ziemlich fade. Sie holte am Zeitungsständer die *Südostschweiz*. Auf der dritten Seite war ein Fahndungsaufruf abgedruckt. Sie hatten die Leiche aus dem Tunnel mehr oder weniger wieder hergerichtet, zumindest den Kopf. Ob sich wohl jemand darauf melden würde?, fragte sich Julia. Sonst war nicht viel passiert auf der Welt, außer den üblichen Verbrechen und Katastrophen.

Etwas später ging die Tür auf. Mehrere Männer betraten das Restaurant, es mussten drei oder vier sein, Julia hörte sie nur, sie konnte sie von ihrem Abteil aus nicht sehen. Sie diskutierten laut. Julia wollte gerade um die Ecke spähen, da fuhr sie zusammen. Die eine Stimme kannte sie. Sie gehörte Sandro. Schnell rutschte sie zum Fenster, damit die anderen sie nicht sehen konnten. Sandro war die letzte Person, die sie treffen wollte. Die Männer setzten sich in eines der Abteile in Julias Rücken.

»Drei Stangen?«, fragte die Wirtin. Die Männer mussten öfter hier sein. Danach räumte sie bei Julia den Teller ab, fragte, ob's recht war. Julia nickte nur. Gerne hätte sie noch ein Glas Wasser bestellt, doch sie hatte Angst, sich zu verraten.

»Was hast du eigentlich mit dieser Deutschen?«, hörte Julia einen der Männer fragen. Er hatte eine ziemlich junge Stimme.

»Mit der? Nichts«, hörte Julia Sandro antworten.

»Ach ja?«, fragte ein anderer, dessen Stimme Julia irgendwie bekannt vorkam. »Hat aber vorgestern Abend no anders ausgschaut.«

»Spionierst du mir jetzt nach?«, fragte Sandro.

»Sagmer mal so. I geh mit offnen Augen durch die Welt.«

»Dann ist ja gut.«

»Ist deine Sache«, sagte die jüngere Stimme. »Aber ich hoffe, du hast ihr nichts erzählt.«

»Spinnst du? Wie komm ich denn auf die Idee?«

Was erzählt?, fragte sich Julia.

Die Wirtin kam mit den Bieren. Die Männer verstummten.

»Im Bett werden olle schwach«, nahm die bekannte Stimme das Gespräch wieder auf, als die Wirtin hinter dem Büfett verschwunden war.

»Sprichst wohl aus eigener Erfahrung.«

Julia merkte, wie ihre Blase drückte. Doch sie konnte nicht zur Toilette gehen, ohne dass die Männer sie sehen würden.

»Wenn i ane im Bett hob, dann gibt es kaum Zeit, um etwas zum erzähln«, sagte die Stimme, von der Julia immer noch nicht wusste, wem sie gehörte.

»Soso«, sagte Sandro.

»Das wird mir jetzt zu blöd«, sagte der Jüngere. »Komm, wir wechseln das Thema. Viva!«, sagte er. »Viva!«, antworteten die anderen zwei.

 Julia hörte die Gläser zusammenschlagen. Sie versuchte, sich auf die Zeitung zu konzentrieren, um nicht an ihre Blase zu denken, die immer mehr drückte. Was, wenn sie noch ein Bier bestellten? Das würde sie nicht aushalten.

»Und jetzt?«, fragte Sandro.

»Jetzt gemma ins *Aurora*.«

»Ins *Aurora*? Du spinnst wohl, wenn schon ins *Alpenglück*.«

»Keine Lust«, sagte Sandro.

»Du hast wohl deiner Deitschn die Treue geschworn?«

»Ach, hör doch auf.«

»Wie romantisch.«

»Okay, ich komme mit.«

Etwas in Julia zog sich zusammen. Maria hatte ihr erzählt, dass es in Repiano einen Nachtklub gab, der *Alpenglück* hieß und nicht nur ein Nachtklub war. Und da fuhr Sandro jetzt mit seinen Kumpels hin. Doch was ging es sie an? Sie war auf ihn hereingefallen. Tunnelarbeiterromantik. Da musste nur einer etwas ölverschmiert und mit Bizeps aus dem Stollen kommen, und sie fuhr auf ihn ab. Dabei hatten sie nicht einmal miteinander geschlafen. Und jetzt machte sie sich Sorgen, weil er zu einer anderen ging? Wobei er nicht mal mehr mit ihr sprach. Vielleicht hatte *er* ja den Zettel geschrieben. Vielleicht fand er, dass es ein Fehler war, sich mit ihr einzulassen.

Gingen die Triebe mit ihr durch? Wozu hatte sie eigentlich einen Verstand?

»Fröilein, bitte zahlen!«, rief Sandro.

»Frau«, sagte die jüngere Stimme.

»Was?«, fragte Sandro zurück.

»Es heißt Frau.«

»Wie auch immer. Zahlen!«

Julia lauschte den Schritten, die sich Richtung Tür bewegten. Hörte, wie sie die Tür öffneten, wie sich die Stimmen entfernten und verstummten, als die Tür zuschlug.

Schnell stand sie auf und rannte zur Tür mit der Aufschrift *WC* und wäre dabei fast mit der Wirtin zusammengestoßen, die die Gläser abräumen wollte.

Sie riss sich die Jeans herunter und ließ sich erleichtert auf die Brille fallen.

—

Diesmal wurde ihnen an der Bar kein Getränk angeboten. Zehnder verschwand hinter einer Tür und kam mit zwei Ausweisen zurück. Tresa schlug beide auf. Es waren die Pässe von Janka und Elena.

»Darf ich bitten?« Franco packte ihn am Oberarm und führte ihn hinaus. Zehnder wehrte sich nicht.

Sie ließen ihn etwa eine halbe Stunde im Verhörraum warten. Dann gingen sie hinein.

Franco legte den Rekorder auf den Tisch.

Zehnder hatte die Hände wie zum Gebet gefaltet. Sie setzten sich ihm gegenüber.

»Und wo ist Janka jetzt?«, fragte er als Erstes.

»Wir stellen hier die Fragen«, sagte Franco und stellte den Rekorder an. Diesmal würde er das Gespräch führen.

»Ich möchte doch nur wissen, ob es ihr gut geht.«

»Und der Samichlaus bringt die Ostereier«, antwortete Franco.

»Wie bitte?«

»Wann haben Sie Elena zuletzt gesehen?«

»Das war an einem Dienstag. Da bin ich mir sicher. Am Dienstag werden immer die Getränke geliefert. Und sie hat mir geholfen, die Bar aufzufüllen.«

»Das gehörte auch zu ihrem Job?«

»Wir haben nicht so viel Personal, das kann ich mir nicht leisten.«

»Ich sage nur: Ostereier.«

»Und ich sage Ihnen, Sie haben keine Ahnung, Sie mit Ihrem gesicherten Beamtenjob.«

»Sollen Sie mir jetzt auch noch leidtun?« Franco blickte zu Tresa.

»Ich versuche nur, über die Runden zu kommen. Ist immer noch besser, als sozialhilfeabhängig zu sein.«

»Es gibt auch noch andere Jobs.«

»Und was bitte wollen Sie als Banker anderes machen, als auf einer Bank zu arbeiten?«

»Also doch ein Banker«, sagte Franco zu Tresa. »Passt irgendwie. Abzocken, ausnützen. Wie ein Ei zum anderen.«

»Sie können langsam aufhören mit Ihren Eiern«, erwiderte Zehnder.

»Stimmt, wir sind vom Thema abgekommen«, gab Franco zu.

Zehnder blickte nach unten und ließ mit immer noch verschränkten Händen die Daumen umeinander kreisen. »Ich habe einen Fehler gemacht.«

»Jetzt kommt die Nummer mit der Einsicht«, sagte Franco zu Tresa gewandt.

Zehnder fuhr fort. »Zu Beginn hat das Bordell geboomt. Ich konnte die Nachfrage nicht befriedigen.«

»Dann haben Sie am Angebot geschraubt«, mischte sich Tresa ein.

»Das ist ein ökonomisches Gebot«, sagte Zehnder entschuldigend.

»Sie hätten auch den Preis erhöhen können«, sagte Tresa.

»Solche Dienstleistungen sind nicht sehr preiselastisch«, meinte Zehnder.

»Preis – was?«, fragte Franco.

»Die Nachfrage regiert nicht groß auf Preisänderungen. Sie geht nicht zurück, wenn der Preis steigt. Das ist vor allem bei lebensnotwendigen Gütern so«, erklärte Tresa. »Offenbar gehört Sex bei Männern auch dazu. Wie die Kartoffeln.«

»Sie kennen sich aus?«, fragte Zehnder überrascht.

»Ich habe zwei Semester Ökonomie studiert. Und dann die Seite gewechselt.«

»Was meinen Sie damit?«, wollte Zehnder wissen.

»Von den Bösen zu den Guten.«

»Das ist Ansichtssache.« Zehnder lachte gequält.

»Ich würde gerne wieder aufs Thema zurückkommen«, sagte Franco etwas zu scharf an Tresa gewandt. Immer musste sie den Lead übernehmen. Aber das hier war sein Verhör.

»Bitte.« Tresa machte eine einladende Handbewegung.

»Und was hat sie nach dem Getränkeauffüllen gemacht?«, fragte Franco weiter.

»Ich möchte was dazu sagen«, antwortete Zehnder.

»Zu Ihrer Entschuldigung? Nur zu«, sagte Tresa.

Franco schaute sie böse an.

»Es tut mir leid«, fuhr Zehnder fort.

»Das hatten wir schon.« Franco schlug mit der Faust leicht auf den Tisch.

»Nun lass ihn doch ausreden«, entgegnete Tresa.

»Danke«, sagte Zehnder an Tresa gewandt. »Ich musste möglichst schnell mehr Frauen haben. Aber das ist gar nicht so einfach. Die großen Städte ziehen alles ab. Zürich hat sogar einen Strichplatz eingerichtet mit Drive-in-Sexboxen. Sehr komfortabel.«

»Und deshalb haben Sie Illegale genommen.« Franco versuchte das Zepter wieder in die Hand zu nehmen.

»Nein! Das wusste ich gar nicht. Zu Beginn jedenfalls nicht«, gab er kleinlaut bei.

»Ei, ei, ei.« Franco hob den Zeigefinger.

»Die Frauen wurden mir von einem Kollegen vermittelt. Sie hatten beide eine Arbeitsbewilligung. Ich habe zuerst nicht gemerkt, dass die gefälscht waren. Erst als die Mädchen fragten, wo das Restaurant und wo die Küche seien, wurde ich stutzig.«

»Und dann haben Sie ihnen die Pässe weggenommen und sie zur Prostitution gezwungen. Anstatt sie als Servicepersonal zu beschäftigen.«

»So einfach ist das nicht. Elena hatte Spaß an der Arbeit.«

»Und Janka?«, fragte Tresa.

»Mit ihr war es schwieriger. Aber mit der Zeit hat sie auch gut gearbeitet.«

»Dann hätten Sie ihnen die Pässe wieder zurückgeben können, wenn die Frauen freiwillig hier waren.« Franco lehnte sich leicht nach vorn.

»Das wollte ich auch, aber dann habe ich nicht mehr daran gedacht.«

Franco schüttelte den Kopf. »Kommen wir doch wieder zu diesem Dienstag. Was hat Elena gemacht, nachdem sie die Bar aufgefüllt hatte?«

»Sie hatte verschiedene Kunden. Die meisten von der Baustelle.«

»Und der letzte Kunde?«, wollte Franco wissen.

»Die letzten Kunden, meinen Sie?«

»Es waren mehrere?«, platzte Tresa herein.

»Sie hat mit ein paar Männern eine Spritztour gemacht.«

»Wann war das?«

»So etwa um zehn Uhr.«

»Dürfen Ihre Angestellten das Haus verlassen?«

»Wenn dafür bezahlt wird? Gegen Bezahlen ist eigentlich alles möglich.«

Tresa atmete tief und sah Franco an.

»Und wer waren die Männer? Wie viele waren es? Können Sie sie beschreiben?«

»Nein.«

»Sie haben Elena mit Männern weggehen sehen und können sie nicht beschreiben?«

»Das habe ich nicht gesagt.«

»Was haben Sie nicht gesagt?«, fragte Franco scharf.

»Dass ich Elena mit den Männern habe weggehen sehen.«

»Was haben Sie denn gesagt?« Franco wurde immer lauter.

Tresa stieß ihn in die Seite, was ihn noch zorniger machte.

»Dass sie mit Männern weggegangen ist.«

»Ist das nicht dasselbe?«

»Nein.«

Franco schaute Tresa fragend an.

»Sie meinen, Sie haben lediglich gewusst, dass sie mit den Männern weggegangen ist«, sagte Tresa.

Zehnder schnippte mit den Fingern und zeigte auf die Polizistin. »Sie hat's kapiert!«

»Und wieso haben Sie es gewusst?«

»Weil Elena es mir gesagt hat. Sie hat gesagt, sie sei in zwei Stunden zurück.«

»Und dann?«

»Seitdem habe ich nichts mehr von ihr gehört.«

»Und wieso haben Sie keine Vermisstenanzeige aufgegeben?«

Zehnder schwieg. Franco merkte, wie überflüssig seine Frage war. »Können Sie sich sonst an irgendetwas erinnern? Eine Autonummer, irgendein anderes Detail? In welche Richtung sie gefahren sind?«

Zehnder schüttelte den Kopf. »Und jetzt? Was passiert jetzt mit mir?«

»Wir werden Sie nach Chur überweisen. Menschenhandel ist nicht unser Ressort.«

Franco stellte den Rekorder ab.

KAPITEL 13

Stettler sah immer noch sehr beschäftigt aus. Er wühlte in einem Haufen Papier, schien etwas zu suchen.

»Komme ich ungünstig?«, fragte Julia.

Stettler verzog das Gesicht. »Nein, kommen Sie nur. Es sind ein paar Arbeiter krank geworden. Eine Sommergrippe. Wir müssen alles neu organisieren, die Einsatzpläne für die Arbeiter und die Maschinen, die Termine, die Abläufe.« Er verschwand hinter einem leintuchgroßen Plan, den er soeben auseinandergefaltet hatte.

»Ich hab's gleich.« Er kam wieder zum Vorschein. »So, jetzt haben wir's.« Er strich den Plan glatt.

»Sie wollten mich sprechen?«, fragte Julia.

Stettler nickte, ohne vom Papier aufzusehen. »Bitte setzen Sie sich doch.«

Julia schaute sich nach einem freien Stuhl um, aber alle waren mit Papierstapeln belegt. Sie blieb stehen.

Er hob den Kopf und sah sie an. »Ich wollte Sie um etwas bitten.« Er machte eine kurze Pause. »Es geht um die Tunnelröhre Ost. Ich wäre froh, wenn Sie dort …«

»Aber …«

»Es ist mir klar, dass Sie heute abreisen wollen, doch ich wäre Ihnen sehr dankbar, wenn Sie die Bohrkopfrevision an unserer zweiten Maschine übernehmen können. Den Verschleiß feststellen, die Räumerhalter ersetzen, die Arbeiten planen, das Material bestellen. Einfach alles, was dazugehört. Das ist keine große Sache, aber ich möchte, dass das möglichst sorgfältig gemacht wird. Mit *Ines* hatten wir bis jetzt keine größeren Probleme, und ich will, dass das auch so bleibt.«

»Das ist sehr nett, dass Sie mich fragen, aber …«

»Und es wäre natürlich auch schön, wenn Sie bei unserem Grillfest heute Abend dabei wären.«

»Ja, aber …«

»Und wenn Sie keine Würste mögen, es gibt auch anderes …«

Julia schüttelte den Kopf.

»Ich kann Ihnen auch für *Ines* jemanden zur Seite stellen, der Sie …«

Was war nun in Stettler gefahren, fragte sich Julia. Wieso wollte er sie unbedingt hierbehalten?

»Oder wenn Sie sonst noch etwas brauchen. Ich kann mich auch mit der *Tunneling Corp.* direkt in Verbindung …«

»Das ist es nicht!« Julia hielt inne. Sie wusste nicht, wie sie beginnen sollte.

»Ich bin froh, dass ich heute abreisen kann«, platzte es aus ihr heraus.

»Was? Wieso?« Stettler sah sie mit großen Augen an.

»Ich habe das Gefühl, dass ich auf dieser Baustelle nicht erwünscht bin«, kam sie gleich zur Sache.

»Wie kommen Sie nun darauf? Hat Sie jemand angepöbelt? Oder ist jemand laut geworden? Das ist doch normal auf einer Baustelle. Das müssten Sie eigentlich wissen. Aber Frauen sind da wohl etwas sensibler.« Den letzten Satz sagte er mehr zu sich selbst.

»Ich weiß, wie es auf einer Baustelle zugeht. Und ich bin das durchaus gewohnt.«

»Was ist dann das Problem?«

Sie bereute bereits, das Thema angesprochen zu haben. Doch es war zu spät. Stettler würde nicht lockerlassen. »Zum Beispiel der Steinschlag gestern«, begann Julia.

»Welcher Steinschlag?«

»Oben am Berg. Ich war spazieren. Da sind auf einmal Steine auf mich heruntergedonnert.«

»Haben Sie sich verletzt?« Er schaute sie von oben bis unten an.

»Nein.«

»Dann haben Sie Glück gehabt. Aber ich sehe nicht, wo das Problem liegt. Steinschläge gibt es hier immer wieder.«

»Ich glaube, der hat mir gegolten.«

»Ihnen? Das kann ich nicht glauben. Wieso sind Sie so sicher, dass es ein Anschlag war und dass er Ihnen gegolten hat?«

»Da war zuerst dieser Lastwagen, der mich beinahe überfahren hat, und dann dieser Zettel.«

»Welcher Zettel?«

»*Frauen haben im Tunnel nichts zu suchen*, stand da drauf.« Den zweiten verschwieg sie.

»Frauen und Tunnel!« Stettler lachte gequält. »Ich dachte, das hätten wir schon lange hinter uns. Wir bauen doch hier nicht den Gotthard-Scheiteltunnel anno 1872! Was sich unsere Jungs immer einfallen lassen!«

»Sie denken, es war ein Bubenstreich?«

»Von Buben kann man ja nicht mehr reden. Aber es gibt da immer noch ein paar Hardliner. Sie dürfen das nicht so ernst nehmen. Ich werde mit den Männern sprechen.« Er schaute nochmals kurz auf den Plan, dann begann er, das papierene Leintuch wieder zusammenzufalten. »Ich kann mir vorstellen, aus welcher Ecke das kommt. Ist das alles?«

»Ja, aber …«

»Dann sind wir uns einig?«

Nein, eigentlich nicht, dachte Julia und nickte.

Stettler stand auf und klopfte ihr auf die Schulter. »Passen Sie auf sich auf. Und machen Sie sich nicht so viele Gedanken.«

Julia verließ Stettlers Büro und stieg die Metalltreppe nach unten. Hatte sie wirklich gesagt, dass sie noch ein paar Tage hierblieben würde? Sie konnte es selber nicht fassen. Und hatte Stettler sie wie ein dummes Schulmädchen abgespeist?

Mitten auf der Treppe blieb sie stehen. Sollte sie nochmals zurückgehen? Wieso hatte sie eigentlich nichts gesagt? Das war doch sonst nicht ihre Art. Vielleicht weil es diesmal um sie selber ging? Sie nahm ein paar Stufen, hielt wieder an. Oder machte sie sich wirklich zu viele Gedanken? Sie drehte um, lief die Treppe hinunter und prallte auf Sandro, der auf dem Weg ins Baubüro war. Er entschuldigte sich und lief weiter die Treppe hinauf.

»Ich muss mit dir sprechen«, rief ihm Julia nach.

»Ja, aber nicht jetzt«, antwortete er gereizt.

»Und wann?«

»Heute Abend.« Und schon war er in Stettlers Büro verschwunden.

—

Maria war dabei, einen Grill auf dem Parkplatz vor der Kantine aufzubauen. Sie hatte das schwere Teil allein hier rausgeschleppt. Aus dem Augenwinkel sah sie, wie Julia ihr zuwinkte.

Was wollte die schon wieder? Die soll mich einfach in Ruhe lassen, dachte Maria.

Doch Julia kam auf sie zu. Maria tat sehr beschäftigt, versuchte, den Grill zusammenzubauen, aber eine Schraube klemmte. Auch das noch. Julia stellte sich vor sie hin. Maria rüttelte am Rost, aber es nützte nichts.

»Kann ich dir helfen?«

Maria schaute Julia an, zögerte. »Da, die Schrauben sind verrostet.«

»Das haben wir gleich.« Julia verschwand im Magazin und kam mit einem Schraubenschlüssel zurück. Mit einem Dreh hatte sie die Schraube gelockert. »Wo möchtest du ihn hinstellen?«

»Da vorne. Es kommen noch mehr.«

»Was hast du denn vor?«

 Maria deutete auf den Anschlag an der Eingangstür zur Kantine. *Grillfest*, stand da in einer verschnörkelten Computerschrift. Wozu brachte sie diese Informationen an, wenn sie dann doch selber Auskunft geben musste?

»Und du schaffst alles allein hier raus? Wozu haben wir all die Männer?«, fragte Julia.

»Das frage ich mich auch.« Maria musste lachen. »Wenn's drauf ankommt, kann man die nicht gebrauchen.«

»Dann ist Frauenpower angesagt. Wo stehen die anderen?«

»In dem Schuppen da drüben. Neben dem Magazin.«

Julia kam mit einem Grill zurück. Maria staunte, welche Kräfte diese kleine und zierliche Person entwickeln konnte.

»So, das hätten wir.« Das weiße T-Shirt war voller Rost.

»Kommst du auch heute Abend?«, fragte Maria. »Aber nein, du fährst nach Hause. Wie blöd von mir.«

»Nein, Stettler hat mir noch einen Zusatzauftrag gegeben.«

»Echt?«

»Ich komme gerne, wenn du mich dabeihaben möchtest.«

Maria nickte.

»Gut, dann werde ich mich mal umziehen«, sagte Julia und ging zu den Wohnbaracken.

Sie hatten alle Tische auf den Parkplatz getragen, der Platz war mit farbigen Lichtgirlanden umgeben. Sogar eine kleine Bar hatten sie aufgebaut. Auf den Tischen standen Kerzen. Es roch nach Bratwürsten.

Stettler stand auf einem Podest und hielt eine Rede. Dass sie einige Rückschläge einstecken mussten, dass es nun aber gelte, nach vorne zu schauen, dass man nie wisse, was der Berg noch alles zu bieten habe. Und dass die Bauherrschaft voll hinter ihnen stehe.

Julia setzte sich an die Bar und wartete, bis Stettler fertig gesprochen hatte. Sie überflog die Gesellschaft. Frisch gekämmte Köpfe, saubere T-Shirts. Einige sahen fast etwas bieder aus. Sandro saß ein paar Tische von ihr entfernt, er schien sie zu beobachten, doch jedes Mal, wenn sie zu ihm hinübersah, schaute er weg.

»Und deshalb danke ich Ihnen allen und freue mich auf die weitere Zusammenarbeit«, schloss Stettler seine Rede.

Hinter der Bar stand die Kantinenchefin und fragte Julia, was sie trinken möchte. Julia nahm einen Rotwein und schaute sich nach Maria um. Doch die war nirgends zu sehen. Sie setzte sich auf einen freien Stuhl ans Ende eines langen Tisches. Die Männer verstummten sofort und schauten sie an. Am liebsten wäre Julia wieder aufgestanden und gegangen. Doch sie zwang sich, sitzen zu bleiben. Davonrennen war keine Lösung. Sie hielt den Blicken stand, schaute jedem Einzelnen in die Augen. Sollten sie ihr doch ins Gesicht sagen, wenn sie etwas störte. Doch niemand sagte etwas.

Dann begann einer zu lachen. »Und, Frau Ingenieurin, halten Sie keine Rede?« Erst jetzt bemerkte Julia, dass sie als Einzige am Kopfende eines Tisches saß.

»Nein, heute nicht.« Sie erhob das Glas: »Prost!«

»Viva!«, tönte es zurück.

Der junge Mann, der neben ihr saß, er musste wenig über zwanzig sein, fragte sie, wieso sie Maschineningenieurin geworden war. Ein anderer wollte wissen, wie ihr die Schweiz gefiel.

»Etwas eng«, meinte Julia.

»Ohne Berg koan Tunnels«, sagte ein anderer.

»Man könne auch im Meer Tunnels bauen«, erwiderte Julia.

»Darf ich Ihnen eine Wurst bringen?«, fragte der junge Mann.

»Danke, das mach ich schon selber. Ich bin übrigens Julia.« Sie erhob sich.

»Robin«, sagte er und streckte ihr die Hand entgegen.

Sie ging zuerst ans Salatbüfett, dann zum Grill. Robin folgte ihr wie ein Hündchen. Hinter dem Grill stand Maria.

»Ich hätte gerne eine Wurst«, sagte Julia.

»Eine Kalbsbratwurst oder einen Cervelat?«, fragte Maria.

»Einen was?«

»Ein Schweinswürsterl«, erklärte jemand neben ihr.

»Ich nehme so ein Schweinsding«, sagte Julia.

Die Wurst schmeckte nicht schlecht, vielleicht etwas fettig. Robin wich den ganzen Abend nicht von Julias Seite, außer einmal, als er kurz aufs Klo ging. Er fragte sie über ihr Leben aus, wollte alles wissen. Er schenkte ihnen immer wieder Rotwein nach, und je länger der Abend dauerte, desto anhänglicher wurde er. Er rückte immer näher, hielt den Kopf verschwörerisch tief und erzählte Julia von seiner Familie. Er war wirklich lustig und brachte Julia so zum Lachen, dass ihr das Brustfell zu schmerzen begann. Sie musste Luft holen, richtete sich auf und sah Sandro, der sie böse anblickte. Robin schien nichts bemerkt zu haben, er erzählte weiter und weiter.

Irgendwann landete er an Julias Schulter. Sie versuchte, ihn sachte wieder zurückzulehnen, doch er hatte es sich bequem gemacht.

»Komm, Robin«, sagte einer der Männer, Julia hatte seinen Namen vergessen. »Du musst ins Bett.« Robin wehrte sich nicht, als der Mann ihn auf die Füße stellte und in Richtung Baracken manövrierte.

Julia schaute sich um. An einem der vielen schon zur Hälfte leeren Tische sah sie Stettler sitzen. Er war in ein Gespräch mit dem Bauleiter vertieft. Sie hätte sich zu ihm setzen können, doch ihr Auftritt vom Nachmittag war ihr peinlich. Hatte sie sich alles wirklich nur eingebildet?

»Ich muss dich unbedingt sprechen!« Julia schreckte auf, drehte sich um, hinter ihr stand Maria.

»Hier bist du!«

»Aber nicht jetzt. Später. So um eins, dann bin ich hier fertig.«

»Und wo?«

»Beim Schuppen.«

Julia schaute auf die Uhr. Es war Viertel nach zwölf. Sie erhob sich. Der Rotwein hatte sie angenehm müde gemacht. Sie schlängelte sich zwischen den Tischen durch und ging Richtung Kantine. Es war ziemlich dunkel. Die Straßenlampen hatten sie gelöscht, damit die Festbeleuchtung nicht unterging. Sie hörte Schritte hinter sich, drehte sich um, konnte aber nichts erkennen. Sie lief schneller, ihre Blase drückte.

Auf einmal packte sie jemand am Arm, zog sie zur Seite ins Gebüsch.

»Du wolltest mit mir reden?« Sandros Frage klang nicht gerade freundlich.

»Jetzt muss ich vor allem aufs Klo.« Sie befreite sich und steuerte auf den Weg zurück.

»Okay, ich warte.«

»Hier im Gebüsch?« Julia musste lachen.

»Nein, hinter dem Schuppen.«

Schon wieder dieser Schuppen. Julia versuchte sich zu beeilen, was gar nicht so einfach war. Der Rotwein hing an ihren Gliedern wie schwere Gewichte.

Zuerst dachte sie, Sandro hätte sie hereingelegt. Es war weit und breit niemand zu sehen, sie war um den ganzen Schuppen herumgelaufen. Doch dann nahm sie den Zigarettenrauch wahr und sah hinten bei den Tannen einen orangen Punkt auf- und wieder abflammen.

Sandro saß auf einem Stein. Er hatte den Kopf auf eine Hand gestützt. Ihre Augen gewöhnten sich langsam an die Dunkelheit, und sie konnte immer mehr erkennen. Nun sogar sein kariertes Hemd.

»Was willst du eigentlich von mir?«, fragte er in die Dunkelheit hinein, ohne den Kopf zu ihr zu drehen.

Julia schwieg.

»Du machst mich an, und dann willst du doch wieder nicht. Denkst, so ein einfacher Tunnelarbeiter, mit dem kann man das machen.«

Julia spürte, wie sich ein Kloß in ihrem Hals bildete. Hatte sie Sandro völlig falsch eingeschätzt?

»Mal ein bisschen mit einem dreckigen Mineur rummachen und dann wieder nach Hause zum sauberen Arzt im weißen Kittel.«

»Wieso weißt du, dass Jan Arzt ist?«

»Schon mal was von Google gehört?«

Julia kam sich blöd vor.

»Es ist nicht so einfach«, sagte sie.

»Das ist es nie.«

»Ich fühle mich von dir angezogen. Mehr weiß ich nicht.«

Er schüttelte den Kopf, schnippte den Zigarettenstummel in die Wiese. »Und wieso wolltest du mich sprechen?«

»Das ist jetzt nicht mehr so wichtig.«

»Dann kann ich ja wieder gehen.« Er hob leicht seinen Hintern vom Stein.

»Nein, bleib, bitte.«

Er setzte sich wieder hin.

»Ich hatte das Gefühl, dass mich jemand von der Baustelle vertreiben will, aber das war doof.«

»Wie kommst du darauf?«

Julia erzählte ihm vom Steinschlag und dem Zettel.

»Und da war noch dieser Lastwagen.« Sandro dachte nach. »Aber was hat das mit mir zu tun?«

»Es gab noch einen zweiten Zettel. Den habe ich bekommen, nachdem du bei mir warst. *Das war ein Fehler*, stand da drauf.«

»Da hat sich jemand einen blöden Scherz erlaubt.«

»Vielleicht.« Sandro schien ihr so weit entfernt. Gerne hätte sie seine Schulter angefasst, doch sie hatte Angst, er würde sich zurückziehen und die Distanz noch größer werden. »Und was darfst du mir nicht sagen?«, fragte Julia.

»Wie?«

»Ich habe euch belauscht.«

»Was?«

»Im *Bären*. Heute Mittag.«

»Du warst auch da? Ich habe dich gar nicht gesehen.«

»Im Abteil hinter euch.«

»Du hast dich versteckt?«

Julia nickte.

»Wieso das?«

»Ich wollte dich nicht sehen.«

»Ach so.« Er schwieg eine Weile. »Wir haben da etwas gefunden im Berg. In einem Seitenstollen.«

»Und was?«

»Versprichst du mir, es für dich zu behalten?« Es raschelte im Wald, Sandro schaute sich um.

»Ich schwöre bei der heiligen Barbara.«

»Mach dich nicht lustig über uns.«

»Das meine ich so.«

»Wir haben Bergkristalle gefunden.«

»Wow.«

»Und das müssten wir natürlich melden. Alles, was im Berg gefunden wird, gehört dem Kanton. Aber das haben wir nicht.«

»Soso. Böse Buben.«

»Genau. Das sind wir. Böse Buben.« Sandro griff nach

ihrer Hand, küsste sie, zog sie zu sich herab. Dann packte er sie, trug sie ein paar Schritte weiter nach hinten unter die Tannen und legte sie rücklings ins Gras, zerrte ihr T-Shirt nach oben, streifte ihr die Jeans ab. Dann nestelte er an seiner Hose herum und legte sich auf sie.

Sie stöhnte, als er in sie eindrang. Er drückte seine Hand auf ihren Mund, hielt inne. Jemand ging um den Schuppen herum. Einmal, zweimal. Dann war es wieder ruhig. Das musste Maria gewesen sein. Die hatte Julia ganz vergessen.

Datum: Samstag, 14. Juli 2012 2:04
Betreff: Budapest
Lieber Levente,
ich war heute Morgen bei der Polizei. Habe ihnen gesagt, dass Elena die Tote auf dem Bild ist. Das war ich ihr schuldig. Danach durfte ich nicht mehr in mein Zimmer zurück. Sie haben mich an einen sicheren Ort gebracht. Das haben sie zumindest gesagt. Dann sind sie ins Aurora gegangen und haben meinen Chef verhaftet. Sie sagen, ich müsse wieder zurück. Den Pass haben sie mir wiedergegeben. Ich werde nächste Woche mit dem Bus ankommen. Kommst Du mich in Budapest abholen?

KAPITEL 14

»Wie siehst du denn aus?«, fragte Maria, als Julia um vier Uhr morgens die Kantine betrat. »Hast wohl eine kurze Nacht gehabt.«

»Das kann man wohl sagen.« Um drei war Julia in ihrem Zimmer gewesen. Kaum war sie eingeschlafen, hatte schon wieder der Wecker geklingelt. Stettler hatte die Wartungsschicht mit der ersten Schicht ausgetauscht. Und diese ging von fünf bis dreizehn Uhr.

»Und wo warst du gestern um eins?«

»Ich, ähm, ich habe es vergessen.«

Maria verschwand in der Küche, Julia lief ihr hinterher. »Es tut mir leid. Wirklich! Heute habe ich Zeit für dich.«

»Wie du siehst, muss ich jetzt arbeiten.«

»Ich auch. Aber heute Nachmittag gehen wir was trinken. In den *Bären*. Versprochen. Ich hole dich ab.«

Nach dem Frühstück ging Julia die Zähne putzen. Als sie in den Spiegel sah, schreckte sie zurück. *BLIND?*, stand da in großen braunen Lettern.

Wieso blind?, fragte sie sich.

Sie trat ein paar Schritte zurück. Auch auf den anderen Spiegeln stand je ein Wort. Auf dem daneben *EIGENTLICH*, dann *DU* und auf dem hintersten *BIST. BIST DU EIGENTLICH BLIND?*

Was sollte das nun heißen? Es tönte wie eine Warnung. Gleichzeitig wie ein Vorwurf. Oder eine Aufforderung. Was sollte sie denn sehen?

Schnell nahm sie ein paar Tücher aus dem Spender, machte sie nass und begann das Geschriebene wegzuputzen. Dabei stieg ihr ein unangenehmer Geruch in die Nase. Sie schaute sich das Tuch genauer an. Es war Kot.

Sie saßen vor dem *Bären* und tranken zwei Espressi. Weit über ihnen kreiste ein Mäusebussard am blauen Himmel. Seine Schreie tönten wie das Miauen einer jungen Katze. Maria schaute sich um, bevor sie zu sprechen begann. Doch niemand war in der Nähe, der sie hätte belauschen können.

»Ich habe etwas gehört.«

Julia stöhnte. Jetzt kam Maria bestimmt wieder mit ihren Geistertheorien.

Doch Maria beachtete sie nicht und erzählte unter vorgehaltener Hand weiter. »Gschtrn alschich …«

»Maria, nimm die Hand weg, ich verstehe kein Wort«, unterbrach sie Maria. »Es ist niemand da, der uns zuhören könnte.«

Trotzdem flüsterte Maria weiter. »Gestern Abend war die Männertoilette verstopft, und da musste ich …«

»Ich glaube, so genau will ich es gar nicht wissen.« Julia nippte an ihrem Espresso und dachte an die Schmierereien an den Spiegeln im Waschraum.

»Da habe ich ein Gespräch mitgehört.« Maria machte eine Pause.

»Und? Jetzt mach es nicht so spannend.«

»Sie haben von der toten Frau gesprochen.«

»Wer?«

»Ich weiß nicht, wer es war.« Maria rührte in ihrem Kaffeetässchen, leckte den Löffel ab. »Ich habe sie nicht gesehen, ich war ja in der Toilette drin. Nur gehört habe ich sie.«

»Und was haben sie gesagt?«

»Ich konnte nicht alles verstehen. Aber ...« Sie schlürfte den Rest des Espressos und verzog das Gesicht. »Ganz schön bitter.«

»Ja, Kaffee machen ist nicht ihre Stärke. Aber was haben die Männer denn nun gesagt?«

»Sie haben sich gestritten. Der eine meinte, dass er es nicht mehr aushalte und dass ihm die Frau leidtäte. Und der andere meinte, er solle sich zusammenreißen.«

»Und dann?«

»Dann kam ein anderer herein.«

»Und?«

»Sie schwiegen.«

»Hast du jemanden erkannt?«

»Nein.«

»Und das waren zwei Arbeiter?«

»Ich denke schon. Wer geht sonst in der Kantine aufs Klo?«

»Und du hast keine Ahnung, wer das war?«

»Nein, die klingen doch alle gleich.«

»Tiefe Stimmen? Hohe Stimmen?«

»Die eine war eher tief.«
»Das schränkt die Auswahl ja ziemlich ein.« Julia seufzte. Maria zuckte mit den Schultern.
»Heisere Stimmen? Klare Stimmen?«
Maria gab keine Antwort.
»Hat einer gelispelt oder gestottert?« Julia wurde immer lauter.
»Ich weiß es nicht!« Maria war den Tränen nahe. »Sie haben geflüstert.«
»Darf's noch etwas sein?« Die Wirtin stand vor ihnen. Julia hatte sie gar nicht kommen gehört. »Ich hätte gerne noch ein Wasser.«
»Für mich bitte auch.«
»Mit oder ohne?«
»Ich ohne«, sagte Maria, die sich wieder etwas gefasst hatte.
»Für mich mit. – Und was willst du jetzt machen?«, fragte Julia, als die Wirtin wieder verschwunden war.
»Sie treffen sich heute Nacht um zwei Uhr hinter dem Schuppen.«
»Woher weißt du das?«
»Das hat der eine zum anderen gesagt, bevor sie gegangen sind. ›Das besprechen wir später‹, hat er gesagt. Und: ›Morgen um zwei hinter dem Schuppen.‹«
Die Wirtin kam mit den beiden Wassern. »So, die Damen.«
»Kann ich gleich bezahlen?«

Maria suchte ihr Portemonnaie.
»Lass mal stecken, ich übernehme das«, sagte Julia.
»Das macht genau siebzehn Franken.«

Julia kramte eine Zwanzigernote aus ihrem Portemonnaie. »Machen Sie achtzehn.«

»Besten Dank.« Die Wirtin verschwand im Haus.

»Wir müssen zur Polizei gehen«, sagte Maria.

»Und was willst du denen erzählen? Dass du etwas gehört hast, aber nicht weißt, wer es war?«

»Ja, dann können sie selber nachschauen, wer zum Schuppen kommt.«

»Ich habe da eine bessere Idee.«

Der Mäusebussard zog immer noch hoch oben seine Runden. Offenbar wartete er auf den richtigen Moment, um herabzustechen und eine Maus zu erlegen.

—

»So, Feierabend.« Franco speicherte das Dokument und fuhr den Computer herunter.

Tresa blickte auf die Uhr. »Wie recht du hast.«

Franco stand auf, rückte den Stuhl an den Tisch. Das Telefon klingelte.

»Du kannst gehen, ich mach das«, sagte Tresa, doch Franco hatte bereits zum Hörer gegriffen. »Polizeiposten Mazzaselva, Giovanoli.«

»Guten Abend, hier Janka.«

»Frau Szábo, wie geht es Ihnen?«

»Mir gekommen in den Sinn.«

»Ja? Was ist Ihnen in den Sinn gekommen?« Er nahm den Stuhl wieder hervor und setzte sich.

»Kett gefehlt.«

»Welche Kette?«

»Elena immer haben Kette mit Kreuz.«

»Das ist interessant. Wie sieht die denn aus?«

»Nicht Gold. Anderes.«

»Sie meinen Silber?«

»Genau.«

»Und das Kreuz? Hatte es da Steine drauf?«

»Nein. Ohne. Einfach.«

»Danke, dass Sie uns angerufen haben. Sie haben uns sehr geholfen. Einen schönen Abend.« Er hängte auf.

Tresa sah ihn fragend an.

»Offenbar hatte die Tote zu Lebzeiten immer eine Kette mit einem Kreuz getragen.«

»Du meinst, der Mörder hat sie mitgenommen?«, wollte Tresa wissen.

»In den Filmen nehmen sie doch auch immer eine Trophäe vom Opfer mit.«

»Genau. Und auch in den Filmen ist mal Feierabend. Dem gehen wir morgen nach.«

—

Julia lag hinter einem Erdhügel und beobachtete den Schuppen. Ein kalter Wind kam auf. Ihr war kalt.

Etwas seltsam fühlte sie sich schon. So mitten in der Nacht am Boden liegend. Die Arme waren ihr eingeschlafen, sie musste sie immer wieder ausschütteln.

Sie hatte gar nicht überlegt, was sie machen würde, wenn die zwei wirklich auftauchen sollten. Am besten, sie würde still liegen bleiben und beobachten. Aber wenn sie die beiden von hier aus nicht erkennen konnte?

Vielleicht hatte Maria sich alles auch nur eingebildet. Das wäre nicht verwunderlich.

Julia schaute auf die Uhr. Dreizehn Minuten nach zwei. Sie hätten schon längst kommen müssen. Ihr Rücken schmerzte vom Liegen. Lange würde sie nicht mehr durchhalten.

Da näherte sich plötzlich eine Gestalt, hielt inne, schaute sich um, blickte in Julias Richtung. Schnell duckte sie sich. Sie konnte nicht erkennen, wer es war. Der Unbekannte hob den einen Arm, er schaute wohl auf die Uhr, ging einmal um den Schuppen herum, kam wieder hervor. Was sollte sie jetzt machen? Sie musste näher herangehen. Sie verließ ihr Versteck, kroch hinter einem Gebüsch durch zum Schuppen und spähte um die Ecke. Doch die Gestalt war verschwunden. Hinter ihr knackte ein Ast. Sie fuhr herum. Es war niemand zu sehen.

Plötzlich tauchte der Schatten wieder auf. Er ging Richtung Kantine. Julia schlich hinterher. Da drehte sich die Person um, kam auf sie zu. Was sollte sie jetzt machen? Wegrennen? Oder schreien? Irgendjemand würde sie hören. Die nächste Schicht begann um fünf, da war sicher schon jemand auf. Julia blieb stehen, die Gestalt kam immer näher. Jetzt erkannte sie das Gesicht. Es war Stettler.

»Frau Jansen? Was machen Sie hier mitten in der Nacht? Ihre Schicht beginnt doch erst um fünf. Warten Sie auf jemanden?«

»Ich, äh. Ich konnte nicht schlafen und hab mir ein wenig die Beine vertreten. Und Sie?«

Er stand jetzt direkt vor ihr. Ihr war bis jetzt noch gar

nicht aufgefallen, dass er so groß war. Sie musste ihren Kopf ganz in den Nacken legen. Er war so nah, dass sie seinen Atem spüren konnte.

»Ich habe einen Kontrollgang gemacht. Nach dem, was hier alles passiert ist.«

»Und?«

»Alles in Ordnung. Sie brauchen sich nicht zu fürchten.«

»Ich fürchte mich nicht.«

»Dann ist ja gut.« Er schaute auf die Uhr. »So, Zeit, um ins Bett zu gehen. Gute Nacht.« Er verschwand hinter dem Bürocontainer.

Maria kam auf sie zugestürmt, als Julia die Kantine betrat.

»Willst du einen Kaffee-Grappa?«

»Ja, aber ohne Kaffee.«

Maria stellte ein gefülltes Gläschen vor sie hin. »Und? Sind sie gekommen?«

Julia nickte.

»Und wer?«

»Es kam nur einer. Stettler.«

»Was? Das kann nicht sein. Hast du mit ihm gesprochen?«

»Er habe einen Kontrollgang gemacht.«

»Das kann jeder sagen.« Maria überlegte einen kurzen Moment. »Glaubst du, dass Stettler etwas damit …? Vielleicht war es ein Zufall?«

Zwei Arbeiter kamen herein. Sie nickten Maria und Julia zu und gingen ins Raucherabteil.

»Ich weiß gar nicht mehr, was ich glauben soll«, sagte Julia.

»Aber er ist doch der Baustellenleiter«, meinte Maria.

»Auch ein Baustellenleiter kann Leute umbringen.«

»Aber doch nicht der Stettler.« Maria ging zum Büfett und kam mit einem zweiten Schnapsglas und der Grappaflasche zurück. »Willst du auch noch einen?«

Julia nickte.

Weitere Arbeiter kamen in die Kantine. Sie schöpften Essen und holten Getränke.

»Welche Schicht ist das?«, fragte Maria.

»Ehrlich gesagt habe ich die Übersicht verloren. Stettler hat alles umgestellt. Meine jedenfalls beginnt um fünf.«

Maria schaute auf die Uhr. »Es lohnt sich gar nicht mehr, schlafen zu gehen.«

»Gib mir noch einen, und dann gehe ich.« Sie streckte Maria das leere Glas entgegen.

»Und wohin?«

»In mein Zimmer, wohin denn sonst.«

Maria hatte recht. Es war bereits drei Uhr. Sollte sie sich jetzt noch hinlegen, nur um, sobald sie eingeschlafen war, wieder aufstehen zu müssen? Sie fühlte sich auch nicht müde. Musste das Adrenalin sein. Außerdem hatte sie sich hingelegt, als sie aus dem *Bären* zurückgekehrt waren, und bis ein Uhr geschlafen.

In Sandros Zimmer brannte noch Licht. Er hatte ihr nach dem Treffen hinter dem Schuppen gezeigt, welches sein Zimmer war. Das dritte von rechts im oberen Stock des Traktes A. Es ging hinten auf den Hof hinaus. Damit sie wisse, wo er zu finden sei, falls sie ihn einmal suchen sollte.

Die Vorhänge waren zugezogen. Sie sah Sandros Schatten, dann noch einen zweiten. War da noch jemand bei ihm? Sollte sie nicht lieber umkehren? Aber sie musste mit jemandem sprechen. Sie konnte es nicht glauben, dass der Baustellenleiter in den Mord verwickelt sein sollte. Sie stieg die Treppe hinauf.

Im Flur lagen Stiefel, schmutzige Overalls hingen herum. Vor Sandros Zimmer hielt sie inne. Es war nichts zu hören. Sie klopfte an die Tür.

»Was ist denn noch!,« rief er. Es tönte nicht sehr freundlich.

Julia drückte die Klinke und öffnete die Tür einen Spalt. Sandro lag nur mit einer Jeans bekleidet auf dem Bett und las.

»Ach, du bist es! Komm herein!«

»Hast du jemand anderen erwartet?« Julia trat ein und schloss die Tür hinter sich.

Sie schwankte auf das Bett zu. Den letzten Grappa hätte sie weglassen sollen. Er fing sie auf und zog sie zu sich aufs Bett.

»Das ist ja eine schöne Überraschung.« Er nahm ihren Kopf in beide Hände und küsste sie auf den Mund. »Ich hab da nämlich was für dich.« Er griff unter das Bett und nahm einen Kristall hervor, der bläulich schimmerte und drückte ihn ihr in die Hand. »Der ist für dich.«

»Wow, der ist aber schön!« Julia fuhr über die kleinen Zacken.«

»Ich finde, der passt zu dir.«

»Ist der aus dem Berg?«

Sandro nickte.

»Also illegal.«

Er lachte.

»Ich muss dir etwas sagen. Stettler …«

»Du willst es Stettler melden? Stettler ist ein Idiot«, sagte Sandro und wendete sich ab.

»Nein, ich habe ihn vorhin getroffen.«

»Soso. Mitten in der Nacht.«

Sie erzählte ihm vom Gespräch, das Maria belauscht hatte.

»Stettler soll am Mord beteiligt gewesen sein? Man kann ja viel über ihn sagen, aber einen Mord würde ich ihm nicht zutrauen.«

»Vielleicht war es ja ein Unfall.«

»Stettler mit einer Prostituierten im Tunnel? Das kann ich mir nicht vorstellen. Hat der überhaupt solche Gefühle?« Er lachte. »Unsere Maria. Die hat einfach etwas zu viel Phantasie. Und seit Antonio tot ist, ist sie sowieso von der Rolle. Ihr Lebenstraum hat sich in Luft und Asche aufgelöst.«

»Ich finde das ziemlich verständlich.«

»Was, die Liebe fürs Leben verloren zu haben? Das ist doch Unsinn. Die findet wieder einen anderen. Antonios gibt es wie Sand am Meer.«

»Du meinst, so wie Sandros auch?«

»Es ist nichts einmalig. Jeder ist ersetzbar. Sonst würde so ein Tunnel wohl nie fertig.«

»Aber nicht auf der persönlichen Ebene.«

»Meine Großmutter hat sich mit siebzig auch nochmals verliebt.«

»Schön für sie.«

»Du scheinst mir auch so eine für immer und ewig zu sein.«

»Und du hast Angst, verlassen zu werden. Deshalb sagst du solche Dinge. Und kannst dich auf nichts einlassen«, gab Julia zurück.

»Vielleicht.« Er strich ihr über die Haare.

Julia setzte sich auf. »Ich geh dann mal wieder.« Sie wollte aufstehen, er hielt sie zurück.

»Nein, bleib hier.« Er küsste sie. »Und was macht ihr jetzt? Geht ihr zur Polizei?«

»Ich weiß es nicht. Vielleicht sollte ich Stettler darauf ansprechen?«

»Das ist, glaube ich, nicht wirklich eine gute Idee.«

»Und was ist eine gute Idee?«

»Das zum Beispiel.« Er schlang seinen Körper um ihren und hielt sie fest.

Datum: Sonntag, 15. Juli 2012 04:13
Betreff: Abholen?
Lieber Levente,
hast Du meine letzte Mail nicht bekommen? Ich reise morgen ab. Am Dienstag komme ich um 14:00 in Budapest an. Bitte komm mich abholen. Ich weiß sonst nicht wohin. Ich habe versucht, Anya anzurufen. Aber sie hat einfach aufgelegt.
Deine Janka

KAPITEL 15

Es kam ihr vor, als habe er sie die ganze Zeit im Arm gehalten. Oder hatte sie das nur geträumt? Als Julia erwachte, war er weg. Sie schaute auf die Uhr. Es war kurz vor acht.

Mist, er hatte sie gar nicht geweckt, wie konnte er nur! Ihre Schicht hatte vor drei Stunden begonnen. Schnell zog sie sich an.

Vom Hof her hörte sie Stimmen. Sie öffnete die Gardine ein kleines Stück und spähte hinaus. Unten standen Stettler mit dem Bauleiter und zwei Polizisten. Es waren dieselben wie im Tunnel. Die Frau mit den roten Haaren und ihr jüngerer Kollege. Stettler fuchtelte mit den Händen in der Luft herum, als wolle er einen Mückenangriff abwehren.

Es sah nicht so aus, als ob die Gruppe in den nächsten paar Minuten verschwinden würde. Wie kam sie hier weg, ohne dass sie sie sehen würden? Oder vielmehr, ohne dass sie sehen würden, dass sie aus einem anderen Trakt kam? Um zu ihrer Baracke zu kommen, musste sie den Hof überqueren. Sie spürte den gestohlenen Kristall, der in ihrer Hosentasche steckte.

Dann hatte sie eine Idee. Sie öffnete die Zimmertür,

vergewisserte sich, dass niemand auf dem Flur war. Sie stieg die Treppe hinunter in den unteren Stock, huschte am Eingang vorbei und lief den Flur hinunter in den Trakt B. Die ersten beiden Türen waren abgeschlossen, hinter der dritten hörte sie Musik. Die hinterste Tür stand einen Spaltbreit offen, sie betrat das Zimmer, öffnete das Fenster, kletterte auf den Fenstersims und sprang. Dann schlenderte sie den Kiesweg entlang Richtung *Cantina Tschiervi*, wie wenn sie von einem Morgenspaziergang zurückkommen würde, ging dort auf die Toilette, brachte ihre Frisur in Ordnung, marschierte am Baubüro und an der Gruppe vorbei über den Hof und grüßte.

»Ist das wirklich nötig?«, hörte sie Stettler beim Vorbeigehen sagen. Seine Stimme war nun nicht mehr so laut. Er schien kapituliert zu haben.

—

Langsam ging Franco dieser Mann auf die Nerven. Sollte er sie doch einfach ihren Job machen lassen. Schließlich war es kein Vergnügen, sich die Zimmer von zweihundert Arbeitern vorzunehmen. Außerdem hatten sie einen Durchsuchungsbefehl, und da gab es nichts mehr zu diskutieren. Wenn er gekonnt hätte, hätte er einfach durchgegriffen. Aber Tresa musste wieder mal diskutieren. Man muss die Leute einbeziehen, sagte sie immer. Nicht einfach über ihre Köpfe hinweg entscheiden, sondern sie zu Beteiligten machen. Dann ginge es einfacher.

Wie einfach das ging, das sah man. Sie waren doch hier nicht im Bundesrat, sie waren die Polizei. Hier ging es nicht um Konkordanz – das heißt eine mittelmäßige Lösung zu finden, mit der alle einverstanden waren. Nein, hier hing es darum, sich durchzusetzen.

»Mit Gewalt kommst du nicht immer weiter«, sagte Tresa jeweils. »Das wird auch bei deinem Kind so sein. Mit Überzeugen kommst du weiter als mit Zwang.«

Franco dachte an Madlaina, die jetzt zu Hause lag, in Zeitschriften blätterte und nicht aufstehen durfte. Die einzige Ausnahme war, wenn sie auf die Toilette musste.

Er beobachtete eine Frau, die Richtung *Cantina Tschiervi* ging. Das war diese Maschineningenieurin. Kurze Zeit später kam sie zurück. Sie ging an ihnen vorbei, grüßte.

»Gut, dann fangen wir mit den Unterkünften hier an«, hörte er Tresa sagen. Sie stiegen die Treppe beim Haupteingang hinauf. Der Baustellenchef kam ihnen nach.

»Danke, wir finden uns schon zurecht«, sagte Tresa, blieb stehen und wartete, bis der Mann die Treppe wieder hinuntergestiegen war. Dann streckte sie Franco ein Paar Gummihandschuhe hin. »Du nimmst die links des Flurs, ich die rechts. Okay?«

Franco betrat das erste Zimmer. Er war erstaunt, dass es hier Einzelzimmer gab. Offensichtlich war es nicht bewohnt. Trotzdem schaute er in den Schrank, unter die Matratze, vergewisserte sich, ob unten an der Tischplatte etwas angeklebt war.

Ein blöde Idee, diese Kette zu suchen. Vielleicht hatte sie gar niemand mitgenommen, und sie lag noch irgendwo im Tunnel. Doch hier zu suchen war angenehmer, als den Matsch zu durchpflügen. War jemand wirklich so dumm, eine Frau umzubringen und dann die Kette bei sich aufzubewahren? Er dachte wieder an die Filme mit den Serienmördern, die Trophäen sammelten: die einen Blutstropfen wie in *Dexter*, die anderen Haare oder gar ganze Gliedmaßen. Ihn schauderte.

Das zweite Zimmer sah bewohnter aus. An der Wand hing ein Mountainbike, auf dem Bett lagen ein Paar Hanteln. Es schien, als sei die Arbeit im Tunnel für gewisse Mineure nicht genug, sie mussten sich auch noch in ihrer Freizeit körperlich betätigen. Franco ging einmal pro Woche in den Sportverein. Das reichte vollkommen. Er schaute in den Schrank, zwischen die Wäsche, ins Necessaire. Man hätte genauso gut die berühmte Stecknadel im Heuhaufen suchen können.

Das dritte Zimmer gehörte einem Familienvater. Auf dem Fenstersims stand das Foto einer blonden Frau. Daneben eines mit zwei Mädchen, die in die Kamera lachten, die Ältere hatte eine Zahnlücke, das Blaue hinter den beiden Köpfen musste das Meer sein.

Auf dem Tisch lag ein Laptop. Er öffnete das Internetprogramm und schaute sich den Verlauf an. Es waren alles Hersteller von Fertighäusern. Der Mann war dabei, sein Eigenheim zu planen.

Nach etwa zwei Stunden war Franco mit der ersten Baracke durch, sein Magen knurrte. Er ging nach draußen, setzte sich auf die Treppe und packte ein Sandwich aus.

Es dauerte nicht lange, bis Tresa sich zu ihm setzte und ihm Kaffee aus ihrer Thermoskanne anbot.

»Hast du was gefunden?«, fragte er mit vollem Mund.

»Nein, nichts. Außer ein paar Kristallen.«

»Immerhin! Wo hast du sie?«

»Ich habe sie dagelassen.«

»Was?!«

Tresa seufzte. »Wir haben hier einen Mordfall zu klären, und solange die uns keine Verstärkung schicken, können sie selber nach Steinen suchen. Mich interessiert das nicht.«

»Wenn es überhaupt Mord war. – Hast du übrigens die Frau heute Morgen auch gesehen?«, wechselte er das Thema.

»Die Ingenieurin? Klar. Die hat auswärts übernachtet.«

»Wie meinst du das?«, fragte Franco.

»Die hat sich in ihre Baracke geschlichen, und damit wir es nicht merken, hat sie einen Umweg über die Kantine gemacht.«

»Wieso weißt du das?«

»Hast du ihre Haare gesehen? Zuerst völlig zerzaust, und als sie aus der Kantine kam, einigermaßen geordnet. Und das T-Shirt hat sie auch verkehrt herum getragen.«

»Du meinst, sie ist verdächtig?« Er hielt mit Essen inne.

»Nur weil sie mit einem der Arbeiter was hat? Ich glaube nicht.« Tresa steckte eine Zigarette an.

Um achtzehn Uhr hatten sie alle Baracken durch. In der hinteren Reihe, dort, wo auch die Ingenieurin wohnte, war zum Glück nur die eine Baracke belegt.

Franco hatte genug davon, in fremden Socken zu wühlen, Betten zu wenden und im Staub herumzupulen.

Die Arbeiter hatten sich unterschiedlich auf ihre neue Wohnsituation eingelassen. Manche Zimmer wirkten wie Hotelzimmer, unpersönlich. Andere hatten sich häuslich eingerichtet, Bilder aufgehängt, Nippes aufgestellt. Hier kam er sich wie ein Eindringling vor.

Nun blieb noch das Baubüro, das sie gemeinsam in Angriff nehmen wollten.

Stettler war am Telefon, als Franco mit Tresa das Büro betrat.

Er nickte ihnen zu, machte aber keine Anstalten, das Telefonat zu beenden. Tresa betrachtete die Pläne, die an der Wand hingen. Franco trat von einem Bein aufs andere.

»Wir müssen Ihr Büro durchsuchen«, sagte Franco laut und begann, Schubladen zu öffnen. Tresa warf ihm einen bösen Blick zu.

»Nein, nur die Polizei«, sagte Stettler. »Ich rufe zurück.« Er knallte den Hörer auf. »Und was glauben Sie hier zu finden?«

»Zum Beispiel eine Kette mit einem Kreuz?« Franco ging zum Schreibtisch, nahm einen Bleistift, fischte damit eine Kette aus der Schublade und hielt sie Stettler vor die Nase.

»Was ist das?« Stettler lehnte sich in seinem Stuhl zurück und verschränkte die Arme im Nacken.

»Sagen Sie's mir.« Franco schwenkte die Kette vor Stettlers Gesicht hin und her.

»Keine Ahnung, die habe ich noch nie gesehen.« Stettler griff nach der Kette, doch Franco zog sie zurück.

Tresa nahm ein Plastiksäckchen aus ihrer Jacke, öffnete es und hielt es Franco hin. Er ließ die Kette hineingleiten.

»Sie müssen mitkommen«, sagte Franco.

»Mitkommen? Wohin?«

»Auf den Polizeiposten.«

»Und wer baut hier den Tunnel? Sie wohl nicht.«

»Sie haben doch sicher einen Stellvertreter.«

»Ja, aber der kann doch nicht einfach …«

»Schon mal was von delegieren gehört?«, fragte Franco.

»Ich kann hier nicht weg!«

»Doch, das können Sie.« Franco griff nach den Handschellen, die hinten am Gürtel befestigt waren.

»Okay, das ist nicht nötig.«

»Also dann los.«

Tresa war bereits an der Tür.

»Nach Ihnen, bitte«, sagte Franco und hielt Stettler die Tür auf.

»Wieso haben wir nicht gleich mit dem Baubüro angefangen?«, fragte Franco, nachdem Tresa den Motor angelassen hatte.

»Im Nachhinein ist man immer schlauer.« Sie legte den ersten Gang ein.

»Jetzt bin ich mal gespannt auf das Alibi«, flüsterte Franco. Stettler saß still auf dem Rücksitz.

»Machst du die Befragung?«, fragte Tresa.

Damit du mir dann wieder die ganze Zeit dazwischenfunken kannst?, dachte Franco. »Und was machst du?«, fragte er.

»Ich werde ihn beobachten und die Klappe halten.«

Franco schaute sie verwundert an. Sie lachte und fuhr los.

KAPITEL 16

»Sie haben Stettler verhaftet.«

Julia stand auf dem Parkplatz und war gerade im Gespräch mit einem Maschineningenieur, als Maria hereinplatzte.

»Wie bitte?«

»Sie haben im Baubüro eine Kette gefunden, die offenbar der Toten gehört hat.« Maria schaute zuerst Julia an, dann den Ingenieur.

»Ist nicht wahr!«, sagte dieser.

»Doch! Wir haben recht gehabt!« Maria machte das Victoryzeichen.

Der Ingenieur sah sie verwundert an.

»Ich denke, wir sind hier fertig«, sagte Julia an ihn gewandt. »Wir machen morgen weiter.« Sie nahm Maria beim Arm und führte sie vom Parkplatz weg.

»Wir haben recht gehabt«, wiederholte Maria. »Also vor allem du.«

»Ich kann es nicht glauben. Hat er gestanden?«

»Das weiß ich nicht. Jedenfalls ist er einfach so mitgegangen.«

»Das heißt nicht, dass er schuldig ist. Eher das Gegenteil.«

»Ich hab doch immer gewusst, dass mit dem etwas nicht stimmt.«

»Wer hat alles Zugang zum Baubüro?« Julia nahm den grünen Helm vom Kopf und lockerte ihre Haare.

»Eigentlich alle. Es wird nicht abgeschlossen. Das Schloss ist kaputt. Schon seit mehreren Tagen.«

»Und niemand hat es repariert?«

»Meinst du, er hat auch Antonio auf dem Gewissen?« Marias Miene verfinsterte sich.

»Ich bin mir nicht sicher, ob er irgendjemanden auf dem Gewissen hat.«

»Aber *du* hast doch immer gesagt …«

»Mir scheint das zu einfach. Kann jemand so blöd sein, eine Frau umzubringen, ihr die Kette wegzunehmen und sie dann in seinem Büro aufzubewahren?«

»Wieso nicht? Ist doch auch eine blöde Idee, jemanden umzubringen.«

»Ich finde das seltsam.«

Maria verschränkte die Arme. »Ich finde das gar nicht seltsam. Das passt doch zu Stettler. Und wenn ich es mir recht überlege, dann könnte einer der beiden in der Toilette durchaus Stettler gewesen sein. Und dann ist er auch noch beim Schuppen aufgekreuzt.«

»Ich weiß nicht.«

»Kommst du heute um acht?«, wechselte Maria das Thema.

»Was ist um acht?«

Maria deutete auf ein DIN-A4-Blatt, das an der Kantinentür hing. »Eine Information der Bauherrschaft.«

Julia schaute auf die Uhr, dann an sich herunter. Sie

war mit Öl verschmiert. »Dann muss ich mich aber beeilen.«

Sie betrat den Umkleideraum, wusch als Erstes die Hände, schaute in den Spiegel. Sie sah aus wie ein Zombie aus *The Walking Dead.* Das Gesicht dreckverschmiert. Nur die Stellen um die Augen waren etwas heller, als habe sie eine Brille getragen.

Dann zog sie ihre Stiefel aus. Die nassen Socken hinterließen Abdrücke auf den Fliesen. Ihr Spind war in der hintersten Reihe.

Julia bog um die Ecke und erschrak. Ein Mann stand mit dem Rücken zu ihr vor ihrem Spind. Sie grüßte etwas zu laut. Er blieb stumm, bewegte sich nicht. Plötzlich drehte er sich um, lief auf sie zu. Der Schlag traf sie direkt in den Bauch. Sie krümmte sich, versuchte sich aufzurichten, doch es war unmöglich. Der Mann verschwand hinter der nächsten Reihe Metallschränke.

An ihrem Spind leuchtete etwas Gelbes. Auf allen vieren robbte Julia hin, zog sich am Schrank in die Höhe und blickte auf ein Post-it. Sie riss es mit der einen Hand herunter, mit der anderen hielt sie ihren Bauch. Sie drehte sich um und ließ sich mit dem Spind im Rücken auf den Boden gleiten. Dann nahm sie den Zettel, den sie in ihrer Hand zerknüllt hatte, strich ihn glatt und las.

ER WAR ES NICHT

Wieder dieselbe krakelige Schrift. Wieder alles in Großbuchstaben.

»Danke für die Message! Blöder Idiot«, schrie sie dem

Mann hinterher, obwohl er schon lange weg war. Kümmere dich doch selber darum, anstatt mir solche bescheuerten Botschaften zu schreiben. Wer auch immer du bist.

Sie hatte den Mann nicht erkannt. Alles war sehr schnell gegangen. Er musste ziemlich jung sein und hatte sehr helle, fast weiße Haare. Seiner Kleidung nach zu urteilen war er ein Arbeiter.

Aber wieso schrieb er ihr solche Zettel? Wieso ging er nicht einfach zur Polizei, wenn er etwas wusste?

Sie rappelte sich auf, zwängte sich aus ihrem Overall und hängte ihn in den Spind.

Was sollte das Versteckspiel? Wieso konnte der sich nicht zu erkennen geben und normal mit ihr kommunizieren? Zuerst wollte er sie nicht im Tunnel haben, dann warf er ihr Blindheit vor, und jetzt das? Wen meinte er überhaupt mit ›er‹? Stettler? Was war das für ein saublöder Kindergarten?

—

»Wie oft muss ich es Ihnen noch sagen? Ich war an diesem Abend mit einer Frau zusammen.«

»Die leider keinen Namen hat.« Franco staunte über die Sturheit des Mannes. Sie hatten ihn bereits über zwei Stunden verhört. Aber er war ihnen keinen Zentimeter entgegengekommen.

»Das habe ich Ihnen auch schon etwa viermal erklärt.«

»Dann erklären Sie es mir noch ein fünftes Mal!« Von diesem Bautypen ließ er sich nicht wie ein Schulbub behandeln.

»Ich kann Ihnen den Namen nicht nennen.«
»Können oder wollen?«
Stettler schlug mit der Faust auf den Tisch.
»Wir können das Verhör auch in Handschellen fortführen«, drohte Franco.
»Das ist nicht nötig.«
»Also, dann bitte den Namen.«
Stettler stöhnte. »Ana. Ana Weibel.«
»Ana Weibel«, notierte Franco. »Weibel? So heißt doch der Chef der *Transalpin*.«
Stettler nickte.
»Ach, so ist das. – Und wie erreiche ich Frau Weibel?«
»Ich habe ihre Handynummer.«
»Und?«
Stettler ratterte zehn Zahlen herunter.
»Wie war das?«
»War das für Sie zu schnell?«
Franco riss ein Stück von seinem Notizblock ab und schob es Stettler zu. Den Stift ließ er über den Tisch schlittern. Stettler fing ihn auf.
»Wie lange wird das dauern?« Stettler gab ihm den beschriebenen Papierfetzen zurück. »Bis Sie mit der Frau gesprochen haben?«
»Das weiß ich doch nicht. Kommt darauf an, wie gut sie zu erreichen ist.«
»Ich muss auf meine Baustelle zurück.«
»Um weitere Spuren zu verwischen?«
»Es geht hier nicht um mich. Es geht um den Novai-Tunnel. Ein Projekt von mehreren Milliarden Franken.«

»Nein, es geht um Mord. Und Sie bleiben hier, bis Ihr Alibi geklärt ist.«

Franco verließ den Verhörraum. Sein Magen knurrte. Wo Tresa bloß mit dem Nachtessen blieb? Sie war zum Bahnhof gefahren, um eine Pizza zu holen. Er musste unbedingt noch Madlaina anrufen, dass er später nach Hause kam.

Er wählte die Nummer, die ihm Stettler gegeben hatte. Es meldete sich bloß eine Frauenstimme, die sagte, dass der Teilnehmer zurzeit nicht erreichbar sei und er es später nochmals versuchen solle.

Hatte ihm Stettler eine falsche Nummer gegeben? Zutrauen würde er es ihm. Zuerst erfand er eine Unbekannte, die er angeblich in einem Restaurant in Repiano kennengelernt und mit der er den Abend und die Nacht verbracht hatte. Dabei kannte er nur ihren Vornamen. Ihre Handynummer wusste er nicht. Es im Restaurant zu versuchen war laut Stettler sinnlos, da Rosa – wie die Frau angeblich hieß – in den Urlaub gefahren war. Ein schöner Zufall.

Das hatte auch Tresa gesagt. Jedoch nicht zu der Frau, sondern zur Kette im Baubüro. Ob sie nur neidisch war, weil Franco sie gefunden hatte und nicht sie? Tresa fand es zu offensichtlich, zu gestellt, sie wollte Stettler wieder laufen lassen. Doch Franco hatte sich durchgesetzt und sie gebeten, eine Pizza zu holen. Und wenn er diesen Baufritzen bis Mitternacht verhören müsste. Er würde nicht aufgeben. Und nun war sein Einsatz durchaus lohnenswert. Die Frau vom Weibel. Tresa würde Augen machen.

Er nahm sein Handy und schrieb eine SMS an dieselbe Nummer, die er vorhin angerufen hatte: *Bitte melden Sie sich unverzüglich bei der Polizei in Mazzaselva.*

—

Die Bauherrschaft hatte am Abend um acht eine Versammlung in der *Cantina Tschiervi* einberufen. Ernst Weibel von der *Transalpin* stand vorne und informierte über Stettlers Verhaftung. Ein Raunen ging durch die Kantine, obwohl es für die meisten keine Neuigkeit war. Weibel erklärte, dass interimistisch ein anderer die Baustellenleitung übernehmen werde. Er sei von der Unschuld Stettlers überzeugt, es handle sich um einen integren Mann. Er sei sicher, dass Stettler schon bald wieder entlassen werde und seine Arbeit aufnehmen könne. Sie würden in Kürze wieder auf Kurs sein. Zum Schluss bedankte er sich bei den Arbeitern für ihren Einsatz.

Maria hatte sich schon mehrmals nach Julia umgesehen. Doch sie war nicht aufgetaucht. Sie verstand nicht, wieso Julia Stettler nun auf einmal in Schutz nahm. Es sprach doch alles dafür, dass er es gewesen war. Dass da dieser Weibel etwas ganz anderes erzählte, war klar. Die oben mussten zusammenhalten. Interimistisch hin oder her. Stettler würde nicht mehr zurückkommen, davon war Maria überzeugt.

Wie es nun weitergehen soll, fragte einer der Arbeiter.

Weibel bedankte sich für den Einwurf. Dazu komme er jetzt gleich. Sie hätten sich nach einer Stellvertretung umgeschaut und seien glücklich, in Remo Bergamin eine kompetente Person gefunden zu haben. Weibel bat ihn zu sich.

Maria sah, wie sich die Kantinentür einen kleinen Spaltbreit öffnete. Julia streckte den Kopf herein. Sie war ganz blass. Maria winkte ihr zu.

»Was ist denn mit dir passiert!«

»Schschscht«, zischte ein Arbeiter, der vor ihnen stand.

»Was machen die da?«, fragte Julia und schaute zu Weibel und Bergamin.

»Das ist Stettlers Stellvertretung. Sie haben zwar etwas von interimistisch gesagt. Aber es scheint nicht, als ob Stettler zurückkommen würde.« Maria musterte Julia. »Du siehst blass aus. Ist was passiert?«

»Ach, nur ein kleiner Zwischenfall. Nicht der Rede wert.«

»Seid doch endlich still«, zischte der Vordermann.

»Komm, wir gehen nach draußen. Das bringt hier nichts.« Sie verließen die Kantine.

—

»Willst du auch eine Zigarette?«, fragte Maria und hielt Julia das geöffnete Paket hin.

»Ausnahmsweise.« Julia zog eine heraus.

»Ausgerechnet der Bergamin. Dem musst du noch das Loch zeigen, sonst findet er den Tunnel nicht. Aber ehrgeizig ist der schon«, sagte Maria.

»Vielleicht wollten sie Stettler auch einfach abservieren.«

»Du meinst ein Komplott? Wäre das nicht auch anders gegangen?«

Julia zuckte mit den Schultern. »Ich habe übrigens wieder eine Botschaft bekommen.« Sie streckte Maria das Post-it hin. »Hing an meinem Spind.«

»Ist damit Stettler gemeint?«

»Was habt ihr da Schönes?« Sandro stand hinter Julia, schlang seine Arme um ihren Bauch und schielte auf den Zettel. Sie hätte vor Schmerz schreien können.

»Das geht dich nichts an«, herrschte Maria ihn an und versteckte das Post-it hinter ihrem Rücken.

Er lachte und zog Julia noch näher zu sich. Sie hielt es nicht mehr aus, löste seine Arme.

»Wieso bist du nicht da drinnen?«, fragte Maria.

»Ich konnte mir das nicht mehr länger ansehen. Bergamin mit geschwellter Brust. Der ist ja beinahe geplatzt. Jetzt hat er endlich, was er wollte.«

»Was wollte er denn?«, fragte Julia.

»Na was wohl, Chef werden.«

»Wollen das nicht alle?«

»Ich nicht.« Sandro griff nach einer Haarsträhne, die Julia ins Gesicht hing, zwirbelte sie in den Fingern. »Ich mag es, wenn mir jemand sagt, wo's langgeht.« Er lachte sie an.

Maria schüttelte den Kopf. »Wer's glaubt!«

Die Kantinentür ging auf, und die Männer kamen herausgeströmt, die einen hatten die Zigarette schon zwischen den Zähnen und zündeten sie an.

»He, Sandro«, sagte einer. »Immer bei den Weibern.« Er zog ihn mit sich fort.

»Meinst du wirklich, man hat Stettler gelinkt?«, fragte Maria Julia.

»Keine Ahnung. Vielleicht war es auch einfach eine gute Gelegenheit.«

Weibel trat mit Bergamin aus dem Gebäude. Der neue Baustellenleiter kam auf Julia zu. »Ich möchte Sie morgen früh in meinem Büro sehen.«

»Vor meiner Schicht?«

»Nein, erst um sieben.«

»Aber dann kann ich doch gar nicht …«

»Das ist egal.«

»Und wieso?«

»Das werde ich Ihnen morgen mitteilen.«

»Der hat es aber schnell gelernt«, sagte Maria, als die beiden außer Hörweite waren.

KAPITEL 17

»Sie wollten mich sprechen?« Remo Bergamin saß im Baubüro, als sei es schon immer seines gewesen. Julia zog einen Stuhl heran und wollte sich setzen.

»Sie brauchen sich nicht zu setzen, es dauert nicht lange. Ich habe soeben mit Ihrer Firma telefoniert und ihnen mitgeteilt, dass wir Sie hier nicht mehr brauchen.«

»Aber wir sind doch nicht …«

»Das heißt, Sie können heute abreisen.«

»Und was ist mit *Ines*? Ich bin noch nicht fertig mit der Bohrkopfrevision.«

»Das werden unsere eigenen Maschineningenieure machen.«

»Wenn Sie meinen.« Sie verließ das Büro. Draußen brannte bereits die Sonne herunter. Sie setzte sich auf einen Stuhl, der im Schatten stand.

Was war das nun? Stettler hatte sie bekniet zu bleiben, und nun soll sie von einem Tag auf den anderen gehen? Hatte sie nicht mal mehr Zeit, sich mit den Ingenieuren abzusprechen?

Sie beobachtete einen Schmetterling, wie er auf einer Sommerfliederblüte landete. Die Flügel auf- und zuschlug, als würde er ihr zuzwinkern.

Wollte Bergamin sie loswerden?

Der Schmetterling wechselte zur nächsten Blüte.

Aber wieso?

Nun würde sie endlich ihre Sachen packen. Das wollte sie doch schon lange. Doch wieso freute sie sich nicht? Der noch schlimmere Gedanke war das Auspacken. Was erwartete sie in Freiburg? War Jan bereits wieder zu Hause? Sollte sie ihm eine SMS schreiben? Ich habe dich auch betrogen? Aber hatte sie das wirklich? Hatte sie ihn nicht verlassen?

Sie dachte an Sandro, sein Lachen, seine dichten dunklen Haare. War sie in ihn verliebt?

Der Schmetterling schwang sich in die Höhe, flatterte wild, vollführte beinahe einen Looping.

War sie gar nicht sauer, weil man über ihren Kopf hinweg entschieden hatte? Sondern war sie traurig, weil sie nicht von hier wegwollte? Weg aus diesem engen Tal, in dem man nur auf Berge sah. Traurig wegen Sandro?

Der Schmetterling schraubte sich in die Höhe. Jetzt war er nur noch ein kleiner Punkt. Ein Vogel flog auf den Punkt zu. Zurück blieb blauer Himmel.

Julias Handy klingelte. Es war die *Tunneling Corp.* Sie wollten wissen, wann sie genau zurückkäme. Es gäbe einen weiteren Auftrag für sie. Sie müsste aber übermorgen schon abreisen. Nach Santiago de Chile. Dort wurde ein Abwassertunnel gebaut.

Chile. Vielleicht war das gar nicht so schlecht.

—

Franco öffnete die Tür zur Zelle. Stettler stand am Fenster und schaute hinaus. Genau wie am Vorabend, als er ihn eingeschlossen hatte. Hatte er die ganze Nacht am Fenster gestanden?

»Ich habe gute Neuigkeiten für Sie. Ihre …«, er machte eine kurze Pause, »… Bekannte hat sich gemeldet.«

»Ana?« Stettler drehte sich zu ihm um.

Franco nickte.

»Gott sei Dank! Dann kann ich jetzt gehen?«

»Nein, das können Sie nicht.«

»Aber sie hat doch sicher gesagt …«

»Sie hat lediglich gesagt, dass sie morgen Mittag hier sein wird.«

»Sie hat das Alibi nicht bestätigt?«

»Nein, das hat sie nicht.«

»Und wieso nicht?«

»Weil ich sie gar nicht danach gefragt habe.«

»Wie bitte?« Stettler kam auf ihn zu.

Franco stellte sich breitbeinig hin. »Haben Sie schon mal jemanden gesehen, der eine Befragung am Telefon macht? Außer vielleicht in einem schlechten Film?«

»Ich muss aber los. Dringend!« Er lief in der Zelle hin und her wie ein gefangener Luchs.

»Ihre Baustelle läuft Ihnen nicht davon.«

»Es geht nicht um die Baustelle. Ich glaube, da ist jemand in Gefahr.«

»In Gefahr? Wer? Und wieso?«

»Ich kann es nicht beweisen, aber ich habe da einen Verdacht.«

»Sehr interessant. Und wen verdächtigen Sie?«

»Das kann ich nicht sagen.«

»Hatten wir das nicht schon mal? Ein paar Fakten müssen Sie schon liefern, um hier rauszukommen.«

»Die habe ich nicht.« Stettler setzte sich auf die Pritsche.

»Na also. Sie wird morgen Mittag hier sein. So lange werden Sie sicher noch warten können.«

Er schloss die Tür und drehte den Schlüssel. Erst jetzt sah er, dass Tresa im Flur stand.

»Hast du schlecht geschlafen?«, fragte sie ihn.

»Wieso?«

»Wie gehst du mit unseren Klienten um?«

»Klienten?«

»Gilt nicht immer noch die Unschuldsvermutung? Und auch wenn jemand schuldig ist, kann man immer noch anständig mit ihm umgehen.«

»Ich war doch anständig.«

»Und wie geht es deiner Frau?«, wechselte Tresa das Thema.

»Ich habe die ganze Nacht kein Auge zugetan. Sie hatte immer wieder einzelne Wehen.«

»Das tut mir leid. Komm, ich mach uns einen Kaffee.«

—

Julia ging in ihr Zimmer, um zu packen. Sie nahm den Rucksack, den sie nie richtig ausgeräumt hatte, aus dem Schrank, leerte ihn aus, stopfte zuerst die schmutzigen Kleider hinein, dann noch die wenigen übrig gebliebenen sauberen. Die ausgelesenen Zeitschriften steckte sie in den Abfalleimer. Als sie fertig war, schaute sie sich nochmals um. Das Zimmer war kahl. Nur auf dem Fenstersims lag der Bergkristall, den sie von Sandro bekommen hatte. Sie nahm ihn in die Hand, fuhr mit dem Finger über die Zacken.

»Da bist du!« Sandro stand in der Tür. »Wie sieht es denn hier aus?« Er blickte auf den vollen Rucksack. »Gehst du?«

Julia nickte.

»Und wann hattest du vor, mir das zu sagen?«

»Ich weiß es auch erst seit ein paar Minuten.« Sie legte den Stein aufs Bett neben den Rucksack.

»Und wieso?«

»Bergamin kann mich hier nicht mehr brauchen, und die *Tunneling Corp.* hat einen neuen Auftrag.«

»Und wo?«

»In Chile.«

»Toll!« Er klang nicht sehr begeistert.

»Da bauen sie einen Abwassertunnel. So was gibt es nicht jeden Tag.«

»Gut.« Sandro verschränkte die Arme.

»Du gehst doch auch weg, wenn du hier fertig bist.«

»Das dauert noch etwas. Aber wenn das für dich eine Chance ist …«

»Ja, das ist es. Und Chile ist ein schönes Land!« Sie staunte selbst, wie begeistert sie klang.

»Gut, dann gehst du eben.« Er schaute auf den Boden.

Sie ging zu ihm hin, hielt ihre Hand an seine Wange. »Es tut mir leid.«

»Lass das!« Er packte sie am Unterarm und zog ihn weg. Dann verließ er das Zimmer.

Um vierzehn Uhr ging Julias Zug ab Repiano. Sie brauchte noch etwas Proviant für die Reise. Maria mochte sie nicht bitten. In der Nähe des *Bären* gab es einen Dorfladen. Der hatte bis halb zwölf geöffnet. Wenn sie sich beeilte, würde es gerade noch reichen.

Sie nahm die Abkürzung zwischen den Häusern hindurch, kam am Haus von Roberta vorbei. Sie sah den Jungen erst, als er aufschoss und die Katze davonrannte. Er musste auf der Veranda gesessen haben, die schwarze Katze auf dem Schoß. Seine Haare waren auffallend hell. Er stürzte ins Haus.

Was ist mit dem los?, fragte sich Julia. Dann kam ihr in den Sinn, wo sie solche Haare zum letzten Mal gesehen hatte. Vor ihrem Spind. Das war der Typ, der sie niedergeschlagen hatte.

Na warte, dachte Julia. Sie schaute sich um. Die Katze saß inzwischen in einer der Blumenkisten und leckte die Pfoten. Auf die Veranda konnte Julia nicht klettern, die war zu hoch. Sie rannte ums Haus herum, drückte die Türklinke. Die Tür war offen. Eine Treppe führte in den oberen Stock. Sie schlich hinauf. Die erste Tür war nur angelehnt und führte in ein Schlafzimmer. Es war leer. Die zweite Tür sah nach Badezimmer aus, ein Milchglasfenster war darin eingelassen. Die dritte war zu. Sie drückte die Klinke, es war abgeschlossen. Sie schlug gegen die Tür. »Aufmachen!« Doch nichts regte sich. »Jetzt mach schon auf, du Feigling!«

»Was machen Sie hier?«, fragte eine Stimme hinter ihr. Julia drehte sich um. Vor ihr stand Robertas Tochter. Sie sah sie mit großen Augen an.

»Wem gehört dieses Zimmer?«, fragte Julia.

»Das gehört meinem Bruder, Gianni. Was wollen Sie von ihm?«

»Das möchte ich ihm selber sagen.«

»Aber Sie können doch nicht einfach …«

»Bitte! Es ist wichtig.«

Giannis Schwester klopfte an die Tür. »Gianni, ich bin's, Luzia. Komm, mach bitte auf.«

»Die Frau soll weggehen«, hörte ihn Julia durch die Tür.

»Sie möchte mit dir reden.«

»Ich aber nicht mit ihr.«

»Du kommst jetzt raus. Bald gibt es Mittagessen. Ich habe Pizzoccheri gemacht, die magst du doch so gerne.«

Der Schlüssel drehte sich im Schloss. Dann war es wieder still. Luzia öffnete die Tür. Auf dem Bett saß ein Junge, Julia konnte sein Alter schlecht schätzen. Seine Gesichtszüge wirkten eher kindlich, doch er hatte eine männliche Statur. Die Vorhänge waren zugezogen. Auf dem Nachttisch brannten ein paar Kerzen. Daneben stand leicht beleuchtet die heilige Barbara.

Julia ging auf die Statue zu. »Also du hast die heilige Barbara gestohlen!«

»Nicht anfassen«, fauchte sie der Junge an.

Julia wich einen Schritt zurück.

»Gianni, was hast du denn? Jetzt beruhig dich mal wieder.« Luzia setzte sich neben den Jungen und strich ihm über den Kopf. »Diese Frau hat dir doch nichts getan.«

»Ganz im Gegenteil«, sagte Julia, doch Luzia schien sie nicht zu hören, sie war mit Gianni beschäftigt.

»Sie soll rausgehen«, sagte er zu seiner Schwester. Seine Stimme klang weinerlich. Er begann zu schluchzen.

Julia verließ das Zimmer.

»Bitte warten Sie unten«, sagte Luzia. »Ich komme gleich nach.«

Julia ging die Treppe hinunter. Giannis Heulen verstummte.

In der Stube stand ein Specksteinofen. Darauf saß die schwarze Katze und schaute zu Julia herunter.

»Bitte setzen Sie sich. Wollen Sie einen Tee?«, fragte Luzia.

»Gerne. Es tut mir leid, dass ich einfach so in Ihr Haus eingedrungen bin.«

»Das ist schon okay. Gianni kann manchmal etwas seltsam sein. Aber was wollten Sie ihn eigentlich fragen?«

»Was ist mit Gianni?« Roberta stand im Flur, das kleine Kind auf dem Arm.

»Offenbar hat er diese Frau …« Luzia sah Julia fragend an.

»Er hat einen Zettel auf meinen Spind geklebt. Ich habe ihn dabei erwischt, und dann hat er mich in den Magen geboxt.«

»Gianni?« Roberta übergab ihrer Tochter das Kind. Es schaute Julia an, verzog das Gesicht, als wolle es losschreien, überlegte es sich aber offenbar anders und zeigte mit dem Finger auf die Katze.

»Das muss ein Versehen gewesen sein«, fuhr Roberta fort. »Der ist sonst immer lieb.«

»Und was war das für ein Zettel?«, fragte Luzia.

»*Er war es nicht* stand drauf.«

»Wer war was nicht?« Roberta dachte nach. »Vielleicht meint er diesen Bauführer, den sie verhaftet haben?«

»Der Bauführer wurde verhaftet?«, fragte Luzia ihre Mutter.

»Der Baustellenleiter«, korrigierte Julia.

»Und woher weiß Gianni, dass der unschuldig ist?«, fragte Luzia.

»Keine Ahnung. Vielleicht weiß er ja, wer's war«, rätselte Julia.

Mutter und Tochter schauten einander an. »Nein, Gianni hat damit nichts zu tun«, sagte Roberta.

»Ich werde versuchen, ihn herzuholen.« Luzia setzte den Kleinen auf den Teppich, gab ihm ein paar Duplosteine und ging nach oben.

Julia hörte, wie sie auf Gianni einredete. Dann war es still.

Roberta starrte Julia schweigend an. Vom Ofen schaute die Katze auf sie herunter. Außer dem Ticken der Wohnzimmeruhr war nichts zu hören. Das Kind saß auf dem Boden und versuchte, einen der Steine in den Mund zu stecken.

Julia hörte ein Poltern. Gianni erschien in der Tür. »Entschuldigung«, sagte er, ohne sie anzusehen, und setzte sich in einen Korbsessel, der neben dem Ofen stand.

»Sie haben ihn erschreckt, und deshalb hat er so reagiert«, sagte seine Schwester.

»Das ist doch klar, anders hätte ich mir das gar nicht vorstellen können«, meinte Roberta, ohne den Blick von Julia abzuwenden.

»Entschuldigung angenommen«, sagte Julia und lächelte Gianni zu. »Ich möchte eigentlich nur von dir wissen, wieso du diesen Zettel geschrieben hast.«

Die junge Frau schaute zu ihrem Bruder, doch der zuckte nur mit den Schultern.

»Hast du auch die anderen Zettel geschrieben?«, wollte Julia wissen.

»Welche anderen?«, fragte Gianni.

»Der erste lautete: *Frauen haben im Tunnel nichts zu suchen.*«

»Ha!«, rief Roberta. Die Katze machte einen Buckel, sprang vom Ofen herunter. »Da hat er aber recht!«

Die Katze strich um ein Stuhlbein und ging zur Verandatür, die offen stand. Das Kind warf ihr einen Duplostein hinterher, traf sie aber nicht. Die Katze blieb stehen, leckte sich kurz das Vorderbein und sprang nach draußen.

»Mama, bitte!« Luzia wandte sich an ihren Bruder. »Hast du das geschrieben?«

Gianni sah sie lange an. Dann nickte er.

»Aber wieso?«

»Wieso wohl?« Roberta verschränkte die Arme.

»Es ist zu gefährlich. Weil sie sterben könnte«, sagte Gianni.

»Du meinst, wie die andere Frau?«

Er nickte.

»Ich hab's ja schon immer gesagt. Frauen im Tunnel, das bringt Unglück. Noch mehr Unglück.«

»Mama!«

»Und wieso bist du dir so sicher, dass es nicht Stettler war?«, wollte Julia wissen.

Gianni seufzte. »Er war nicht dabei.«

»Wo dabei?«, fragte Roberta.

»Bei der blonden Frau.«

»Du hast sie gesehen?«, fragte seine Schwester.

Er stand auf, setzte sich im Schneidersitz auf den Boden neben das Kind. Hielt ihm einen Stein hin.

»Sie sind zusammen in den Tunnel.«

»Wer?«

»Na, die eben.«

»Wer ging zusammen in den Tunnel?«

»Keine Ahnung.«

»Und was haben sie da gemacht?«

Er nahm einen neuen Stein und inspizierte ihn.

»Was haben sie da gemacht?«, fragte Luzia nochmals.

»Sie haben gelacht.«

»Und du bist ihnen gefolgt?«

Er stand auf. »Ich geh jetzt in mein Zimmer.«

»Nein, warte!«, rief ihm Luzia hinterher. Er war bereits im Flur verschwunden. Das Kind schaute ihm nach und begann zu weinen.

»Glauben Sie, dass er das wirklich gesehen hat?«, fragte Julia.

»Das kann ich nicht sagen. Der Junge hat manchmal eine ziemliche Phantasie. Er kann nicht immer klar unterscheiden, was wirklich ist und was nicht.« Luzia nahm das Baby auf den Arm.

»Wer kann das schon?«, fragte die Alte.

»Aber wenn es stimmt, dann wüsste er, mit wem die Frau in den Tunnel gegangen ist.«

»Ich werde später nochmals mit ihm reden. Jetzt hat das keinen Sinn.« Luzia putzte dem Kleinen die Tränen weg.

»Sollten wir das nicht der Polizei melden?«, schlug Julia vor. »Immerhin sitzt vielleicht jemand unschuldig …«

»Der Polizei? Damit sie meinen Jungen mitnehmen und verhören?« Roberta stand auf und stellte sich vor Julia hin.

»War nur so eine Idee. Natürlich können wir noch warten. Aber wieso ist Gianni eigentlich so häufig auf der Baustelle?«

»Er wollte sich als Mineur bewerben. Aber sie haben ihn nicht gewollt. Das hat ihn ziemlich gekränkt«, erklärte Luzia.

»Von wegen, der Tunnel bringt allen was«, ergänzte Roberta.

»Mama, jetzt fang nicht wieder damit an. Ich versuche, heute Abend nochmals mit ihm zu reden. Wie kann ich Sie erreichen?«

Julia gab ihr die Handynummer.

KAPITEL 18

Anstatt in den Dorfladen zu gehen, kehrte Julia ins Barackendorf zurück. Sie dachte an Stettler. Offenbar hatte er kein Alibi, sonst wäre er längst wieder draußen. Konnte sie einfach so abreisen? Da stank doch etwas gewaltig zum Himmel.

Vor der Kantine stand Maria und rauchte. »Schön, dass du dich noch verabschiedest.«

»Jetzt fang du nicht auch noch an.«

»Wieso?«

»Sandro war ziemlich wütend.«

»Was hast du denn erwartet, dass er sich freut, dass du endlich gehst? Das hätte dir auch nicht gefallen.«

»Ich kann diesen Job nicht sausen lassen. Der ist zu wichtig.«

»Jeder setzt seine Prioritäten anders.«

»Wie meinst du das jetzt?«

»Du bist Karrierefrau. Bei dir kommt der Job an erster Stelle.«

»Ist das so verwerflich? Das ist bei den Männern doch auch so.«

»Ich habe es nur festgestellt.«

»Ich kann doch nicht einfach einem Mann hinterherziehen. Wir sind nicht mehr im Mittelalter. Diese rückständigen …«

»Danke.«

»Bitte entschuldige. Ich habe nicht dich gemeint.«

»Wie kannst du nur so herzlos sein?«

»Ich bin nicht herzlos.«

»Du bist so cool. Reist einfach ab, wenn jemand nach dir ruft, überlegst dir gar nicht, was das für andere bedeutet.«

»Klar hab ich mir das überlegt. Und es tut mir auch weh.«

»Davon merkt man aber nicht viel.«

Julia dachte nach. War sie wirklich so hart? Oder überreagierte sie, um keine Schwäche zu zeigen?

»Sandro jedenfalls sah sehr niedergeschlagen aus«, sagte Maria.

»Wieso setzt du dich plötzlich so für Sandro ein? Du hast mich doch vor ihm gewarnt.«

»Vielleicht hab ich mich geirrt.«

Hatte Maria recht? Sollte sie Sandro gestehen, dass es ihr schwerfiel, von hier wegzugehen? Dass sie deshalb einfach davonlief? Oder musste sie es sich zuerst selber eingestehen?

Julia schaute auf den Boden. »Ich glaube, Maria, du hast recht.«

Maria strahlte. »Endlich siehst du es ein. Willst du auch eine?« Sie bot ihr eine Zigarette an.

Julia schüttelte den Kopf. »Ich habe übrigens herausgefunden, wer mir diese Botschaften geschrieben hat.« Sie erzählte ihr von der Begegnung mit Gianni.

»Du meinst, er ist ein Zeuge?«

»Seine Schwester ist da nicht so sicher. Aber sie will heute Abend nochmals mit ihm sprechen.«

»Gibst du mir Bescheid?«

»Aber klar.«

Sie stand wie erstarrt vor der Tür. Es wäre ganz einfach. Sie brauchte nur den Arm zu heben, den Zeigefinger zu krümmen und ihn leicht an das Holz zu schlagen. Doch ihr Arm hing wie gelähmt herunter. Sie hörte, wie im Zimmer Zeitungsseiten umgeschlagen wurden.

Was, wenn er sie anschreien und hinausjagen würde?

Sie zählte von zehn rückwärts. Bis null. Nichts geschah.

So, jetzt reiß dich zusammen. Drei. Zwei. Eins. Sie klopfte.

Sogleich hörte sie ein Schlurfen. Sandro öffnete die Tür einen Spaltbreit.

»Was willst du?«

»Mich entschuldigen.«

»Damit du mit einem besseren Gefühl gehen kannst?«

Eine andere Tür wurde geöffnet, ein Mann kam heraus und lief den Flur hinunter.

»Darf ich reinkommen, da ist jemand ...«

Er trat von der Tür weg, ging zum Fenster und lehnte sich rücklings an den Sims, die Hände in den Hosentaschen.

Julia schloss die Tür.

»Was machst du überhaupt noch hier?«

»Ich warte auf einen Anruf.«

»So.«

Julia fühlte sich etwas verloren. Sie stand mitten im Raum. Aufs Bett setzen wollte sie sich nicht. Sie machte einen Schritt zur Seite und lehnte sich an den Schrank.

»Ich habe mit Maria gesprochen«, begann sie.

»Interessant.«

»Es fällt mir nicht leicht, von hier wegzugehen.«

»Nicht?«

»Nein, das tut es nicht …«

»Davon merkt man aber nicht viel.«

»Das hat sie auch gesagt. Es tut mir leid. Ich dachte, mit vollem Schub lässt es sich leichter starten.«

»Dachtest du.«

»Nun mach es mir doch nicht so schwer.«

Sandro schaute sie an und schwieg.

Ihr wurde bewusst, wie sie da stand, an den Schrank gelehnt, das eine Bein vor das andere gestellt. Sandro schaute sie immer noch an, sie blickte zu Boden.

»Nun komm schon her.« Er nahm die Hände aus den Taschen, breitete seine Arme leicht aus.

Sie schwankte zu ihm hinüber, hatte das Gefühl, über eine Hängebrücke zu gehen. Dann spürte sie seine Arme, die sich um sie schlossen. Und den Vibrationsalarm in der hinteren Hosentasche.

Sandro seufzte. Sie wandte sich ab und schaute aufs Display. Die Nummer war ihr unbekannt. Sie nahm den Anruf an.

»Hier ist Luzia. Die Schwester von Gianni.«

»Ja?«

»Ich habe nochmals mit meinem Bruder gesprochen.

Ich habe nicht alles verstanden. Offenbar hat er beobachtet, wie die Frau, die sie gefunden haben, mit vier Männern in den Tunnel gegangen ist. Und einen hat er wiedererkannt.«

»Wirklich?«

»Er hat gesagt, es sei der Mann, bei dem Sie jeweils die Nacht verbringen.«

»Wie bitte?« Julia schaute kurz zu Sandro, dann wandte sie sich ab. Sie dachte an die zweite Botschaft, das war, nachdem Sandro das erste Mal bei ihr gewesen war, und an die dritte, da hatten sie hinter dem Schuppen ... Ihr wurde schwindlig. Sie wollte weglaufen, doch sie musste sich setzen.

»Hallo, sind Sie noch da? Aber wie gesagt, ich weiß nicht, ob er sich das alles nur vorstellt. Anscheinend hat er ...« Sie machte eine Pause. »Er hat Sie beobachtet, weil Sie ihm gefallen. Er wollte Sie nur beschützen. Vielleicht ist er jetzt auch nur eifersüchtig und möchte Ihren Liebhaber anschwärzen.«

»Vielleicht.«

»Ich wollte Ihnen das nur sagen.«

»Herzlichen Dank, dass Sie mich angerufen haben.« Julia drückte den Anruf weg und steckte das Handy zurück in ihre Hosentasche.

»Wer war das?«, fragte Sandro.

»Wie? Ach, eine Bekannte.«

»Schlechte Nachrichten?«

»Wie man's nimmt.« Am liebsten wäre sie gegangen, um in Ruhe nachzudenken. Aber sie konnte nicht einfach wieder gehen. Jetzt, wo sie gekommen war, um sich zu entschuldigen. Sandro ein Mörder? War das nicht eher das Hirngespinst eines eifersüchtigen jungen Mannes, der nicht alle Tassen im Schrank hatte? Sie hätte gerne mit jemandem gesprochen. Jemand, der sie kannte, der sie verstand. Jan. Aber das war wohl keine gute Idee.

»Hey! Schau mich mal an.« Er hob ihr Kinn nach oben, gab ihr einen Kuss. »Du siehst müde aus. Möchtest du schlafen?«

Julia nickte.

»Ich muss morgen früh raus«, sagte er entschuldigend.

»Schon gut.« Sie stand auf, gab ihm einen Kuss auf die Wange, ging zur Tür. Sie hatte bereits die Hand auf der Türklinke, da drehte sie sich noch mal um. »Hast du etwas mit der toten Frau zu tun?«

Sandro lachte. »Wie kommst du jetzt darauf?«

»Nur so.«

Er kam auf sie zu. »Nur so?« Er strich über ihre Oberarme, als wolle er sie wärmen. »War es der Anruf von vorhin?«

Julia schwieg.

»Nun sag schon, wer war es? Wer möchte mir da was anhängen?«

»Kennst du Gianni?«

»Gianni? Ja klar, der hängt doch die ganze Zeit hier rum. Aber der ist doch …«

»Er hat gesagt, dass er an jenem Abend vier Männer mit einer Frau in den Tunnel hat gehen sehen.«

»Ach ja? Der …«

»Und der eine warst du.«

»So ein Irrer! Der weiß doch nie recht, was real ist und was nicht.«

»Das hat seine Schwester auch gesagt. Und dass er vielleicht nur eifersüchtig ist.«

»Auf mich? Da hat er wohl allen Grund dazu.« Er strich Julia eine Haarsträhne hinter die Schulter.

Sie gähnte. »Ich geh jetzt schlafen.«

»Mach das.« Er zog sie an sich.

Sie verharrten eine Weile eng aneinander. Dann verließ Julia das Zimmer.

KAPITEL 19

»Sandro?« Maria ließ die Kaffeetasse sinken, die sie gerade an den Mund setzen wollte, und stellte sie auf den Tisch. »Der Junge hat eine schöne Phantasie. Sandro kann man viel nachsagen, aber eine Frau umbringen? Nein, da ist er der Falsche dazu.«

»Dann meinst du, ich kann es wagen?« Julia biss in ein Brot, das sie dick mit Konfitüre bestrichen hatte.

»Was?«

»Wir sind für heute Mittag verabredet.« Ein Stück Brot brach ab und fiel auf den Tisch. Sie hob es auf und stopfte es in den Mund.

»Ein Date?«

»Kann man so sagen.« Sie wischte mit dem Finger die Konfitüre vom Tisch.

»Musst du nicht zurück?« Maria reichte Julia eine Serviette.

»Ich hätte gestern fahren müssen. Sie haben den Auftrag an jemand anderen vergeben.« Julia leckte die Finger ab.

»Und jetzt?«

»Ich habe ein paar Tage Urlaub genommen und werd mal schauen, ob im *Bären* noch ein Zimmer frei ist.«

»Willst du dir das wirklich antun? Wenn die Zimmer da so sind wie der Kaffee? – Bleib doch hier.«

»Und der Bergamin?«

»Der soll seine Klappe halten. Der muss sowieso aufpassen. Die Männer sind nicht gut auf ihn zu sprechen. Kaum zu glauben, aber sie sehnen sich nach den alten Stettler-Zeiten zurück. Der war auch nicht immer einfach. Aber wenigstens fair.«

»Hast du was von ihm gehört?« Julia stand auf und füllte ihre Kaffeetasse nach.

»Nein, offenbar halten die ihn immer noch fest.«

»Sieht nicht gut aus.«

»Und was macht ihr heute Mittag?«

»Wir gehen in den Berg. Sandro wollte mir was zeigen.«

»Wie romantisch. Das ist mal was anderes.«

»Er hat was von einer Grotte erzählt.«

»Eine Grotte? Und wo soll die sein?«

»Keine Ahnung. Irgendwo im Berg.«

Sie fuhren mit dem TGV bis an die Endstation. Dann gingen sie den Verbindungsstollen entlang Richtung Oströhre.

»Willst du mir den Tunnel zeigen?«, fragte Julia.

»Jetzt hab etwas Geduld.« Sandro verschwand in einer Nische und ließ sich auf die Knie nieder.

»Was gibt es hier zu sehen?« Julia beugte sich über ihn.

Er deutete auf einen Durchgang, der ebenerdig abging und etwa vierzig Zentimeter hoch war.

»Sag nicht, wir müssen jetzt da unten durch.« Julia schauderte bei dem Gedanken.

»Es lohnt sich aber.«

»Ist der Fels gesichert?«

»Natürlich nicht. Oder glaubst du, man bringt hier irgendwelche Werkzeuge durch? Aber es ist ungefährlich.«

»Ja, ja. Wie lang ist das Schlupfloch?«

»Ungefähr zwei Meter.«

»Kann man auf der anderen Seite stehen?«

»Aber klar.«

»Du gehst vor.«

»Wenn du meinst.« Er bückte sich, ging zuerst auf allen vieren, dann legte er sich auf den Boden und robbte in das Loch. Julia sah, wie seine Stiefel im Dunkeln verschwanden. Sie klopfte sich auf die linke Schulter. Na, dann mal los.

Der Schacht war länger, als sie gedacht hatte. Sie zog sich mühsam mit den Unterarmen vorwärts.

Plötzlich blieb sie mit dem Rucksack am Gestein hängen. Sie hätte ihn ausziehen müssen, aber dazu war es jetzt zu spät. Sollte sie wieder zurück? Sie versuchte rückwärts zu kriechen, doch es ging nicht. Der Rucksack hakte immer noch fest. Sie rief nach Sandro. Ihre Stimme klang hohl und fremd. Als würde sie vom Berg verschluckt. Niemand antwortete. Schweißtropfen bildeten sich auf ihrer Stirn. Sie steckte fest.

Julia spürte auf einmal den Berg über sich. Hatte das Gefühl, seine ganze Last drücke auf sie, nehme ihr den Atem.

Hatte Sandro sie in eine Falle gelockt? Hatte Gianni sich doch nicht geirrt?

Da sah sie eine Hand, die auf sie zukam, den Trageriemen ihres Rucksacks fasste und sie nach vorne zog.

»Wolltest du da drin übernachten?« Sandro lachte. Julia wischte sich den Schweiß von der Stirn. Sie zog den Rucksack ab. An ein paar Stellen war der Stoff eingerissen.

»Hat es sich gelohnt oder nicht?« Sandro trat zur Seite, drehte sich um und leuchtete mit der Stirnlampe in die Grotte. Vor ihnen lag ein kleiner See. Er war etwa einen halben Meter tief, das klare Wasser schillerte türkisblau. Julia kniete an den Rand, tauchte die Hände ein. Das Wasser war lauwarm. Das Licht ihrer Stirnlampe zeichnete Reflexe auf die Oberfläche. Unter ihren Fingern bildeten sich goldige Kreise.

»Und, nehmen wir ein Bad?«, fragte Sandro. Julia schaute zu ihm hoch. Er hatte bereits alles ausgezogen und stieg ins Wasser.

»Worauf wartest du?« Er watete im Wasser umher, spritzte sie an.

»Na warte!« Sie zog die Kleider aus, ging in die Hocke, ließ sich langsam ins Wasser gleiten. Sandro legte sich auf sie. Sie trieben im Wasser wie zwei Fische.

—

Die Frau sah aus wie die ältere Schwester von Penelope Cruz. Sie hatte einen dunklen Teint und schwarze große Augen. Ihre Jacke hatte sie über die Schultern gehängt, im dunklen Haar steckte eine Sonnenbrille. Ihre Finger spielten mit einem Autoschlüssel.

»Ich soll ein Geständnis machen«, sagte sie mit dunkler Stimme.

»Ein Geständnis? Was wollen Sie denn gestehen?«, fragte Franco etwas verwirrt.

»Ich meine, eine Aussage.«

»Und wie heißen Sie?«

»Ich bin Ana Weibel.«

Franco staunte. Das hätte er diesem Stettler nicht zugetraut. »Bitte kommen Sie nach hinten.«

»Ist er hier?«, fragte die Frau, setzte sich und schlug die Beine übereinander. Sie steckte eine Zigarette in den Mund und bat Franco um Feuer. Er wollte ihr gerade erklären, dass rauchen hier nicht gestattet war, als er seine Hand beobachtete, wie sie in die Seitentasche seiner Hose glitt und ein Päckchen Streichhölzer hervorholte. Er zündete eines an und hielt es ihr hin. Sie neigte den Kopf, zog an der Zigarette, blies ihm den Rauch ins Gesicht.

»Seit wann ist hier Rauchen erlaubt?« Tresa stand im Türrahmen.

»W-weiß nicht«, stotterte Franco.

Tresa setzte sich neben ihn. »Sie sind also die Bekannte von Herrn Stettler?«

»Genau.«

»Dann frage ich Sie jetzt ganz direkt: Was haben Sie am Dienstag, den 3. Juli, abends gemacht?«

»Ich war den ganzen Abend mit Martin – ich meine mit Herrn Stettler – zusammen. Und übrigens auch die ganze Nacht.«

»So genau wollten wir das gar nicht …«, sagte Franco.

»Und Sie waren die ganze Zeit mit ihm zusammen, er ist nicht kurz weggegangen …?«, fragte Tresa.

»… um zum Beispiel Zigaretten zu holen?«, fuhr ihr Franco dazwischen.

Tresa sah Franco böse an.

»Nein. Ich habe ihn keine Sekunde aus den Augen gelassen.«

»Soso.« Francos Handy klingelte. Er stand auf, ging zum Fenster und nahm den Anruf entgegen.

»Muss das jetzt sein?«, hörte er Tresa hinter seinem Rücken fragen.

Es war seine Schwägerin. Madlaina habe starke Blutungen. Ein Helikopter sei unterwegs. Sie werde nach Chur gebracht.

Franco schaute aus dem Fenster, ein Mäusebussard hatte zum Sturzflug angesetzt, als wolle er sich in den Tod stürzen. Er schoss direkt auf den Boden zu. Im letzten Moment bremste er ab, stieg wieder in die Höhe. Er hatte etwas im Schnabel, das sich bewegte.

»Was ist los?«

Franco spürte Tresas Hand auf seiner Schulter. Drehte sich um, sah sie an. Dann rannte er aus dem Verhörraum.

—

Julia betrachtete ihre Finger. Sie waren schon ganz verschrumpelt. »Ich muss wieder raus. Sonst bekomme ich noch Schwimmhäute.«

»Aber das ist doch nicht so schlimm, la mia ranina.«

»Mia ranina?«

»Mein Fröschchen.«

»Dir werde ich gleich …« Sie setzte zu einem Schlag ins Wasser an.

Sandro hielt sie am Handgelenk fest. »Da musst du schon früher aufstehen.«

Sie versuchte, sich zu befreien, zerrte mit der linken Hand an ihrem Arm, doch es half nicht.

»Jetzt lass schon los!« Sie bemühte sich, Sandro böse anzusehen. Dabei sah sie etwas im Gewölbe hinter ihm. »Da glitzert etwas.«

»Wo?«

»Hinter dir.«

»Du willst mich doch nur ablenken.«

»Nein, im Ernst.« Sandro drehte sich um. »Das ist sicher nur ein Kristall.«

»Nur ein Kristall? Den muss ich mir anschauen.«

Sie wollte aufstehen, doch er hielt sie zurück.

»Von denen gibt es doch so viele.«

»Aber wenn er so schön ist wie meiner?«

»Das ist er bestimmt nicht.« Sandro lachte.

»Zum Glück hatte ich den in meiner Hosentasche versteckt. Die Polizei hätte ihn sonst sicher gefunden bei der Hausdurchsuchung.«

»Die hatten es doch gar nicht auf die Steine abgesehen.«

»Stimmt. Die wollten diese Kette finden.« Sie dachte an Stettler. Der saß sicher immer noch in seiner Zelle. »Aber die Steine hätten sie sicher auch eingesackt und dich angezeigt.«

»Ach was. Wegen der paar Steine. Das ist nicht so schlimm.«

Julia dachte an die Unterhaltung, die sie im *Bären* belauscht hatte. »Aber wieso durftest du es mir dann nicht erzählen?«

»Was erzählen?«

»Sie haben dir doch eingebläut, du dürfest mir etwas nicht erzählen. Waren das etwa gar nicht die Steine?«

Sandro schwieg.

»Es ging nicht um die Steine, nicht wahr?«

Sandro schwieg immer noch.

»Jetzt wird mir alles klar. Ihr habt über die tote Frau gesprochen, du und deine Kumpanen.«

Er legte ihr die Hand auf die Stirn. »Hast du Fieber? Ist dir das warme Bad nicht bekommen?« Er stand auf. »Komm, wir gehen.« Er hielt ihr die Hand hin.

»Nein, wir gehen nirgendwohin. Du sagst mir jetzt alles.«

»Es gibt nichts zu sagen.«

Sie stand ebenfalls auf, packte ihn am Arm und hielt ihn zurück. Er schüttelte sie ab.

»Sprich mit mir!«

»Jetzt krieg dich wieder ein.«

Julia dachte nach. »Dann warst du das, den Maria am Grillfest auf der Toilette belauscht hat? Ich habe euch gesehen. Und weil Stettler aufgetaucht ist, habt ihr euch später in deinem Zimmer besprochen. Einer wollte euch auffliegen lassen.«

»Robin wollte denselben Fehler machen wie Antonio.«

»Dann waren es also du und Robin, die im *Bären* waren. Und der Dritte war …« Sie versuchte sich zu erinnern, wieso ihr die Stimme bekannt vorgekommen war. Plötzlich sah sie einen Verband. »Das war Max! Und dem ist garantiert keine Kette auf den Fuß gefallen!«

»Was du nicht sagst.«

»Antonio war auch dabei?«

Sandro schwieg.

»Er wollte zur Polizei gehen, und ihr habt ihn umgebracht!« Sie schlug ihm mit den Fäusten auf die Brust.

Er stieß sie von sich weg. »Hat kalte Füße bekommen und von der heiligen Barbara geschwafelt. Dass wir sie erzürnt hätten. Und dass es ein Zeichen sei, dass *Marta* stillsteht. Ist völlig ausgetickt, der Gute.«

»Und mich wolltet ihr auch aus dem Weg haben?«

»Wieso dich? Du hast uns geholfen, die Leiche zu entsorgen, indem du *Marta* wieder zum Laufen gebracht hast. Wäre da nicht dieser Wassereinbruch gewesen, hätte das auch prima geklappt.«

»Arschloch!« Sie haute ihm eine runter. Er stieß sie auf den Boden.

»Und dann habt ihr Stettler die Kette untergejubelt.«

»Stettler ist ein Idiot.«

»Das ist er vielleicht. Aber er ist kein Mörder. So wie du.«

»Was hast du gesagt?« Er stürzte sich auf sie.

Sie wich zurück, fiel rücklings in den Teich. »Du hast die Frau umgebracht.«

»Die hat sich aber auch blöd angestellt.« Er griff nach ihrem Fuß, sie strampelte, stieß ihn in den Bauch.

»Sie wollte unbedingt in den Tunnel, und als wir was von ihr wollten, hatte sie plötzlich keine Lust mehr.«

»Und deswegen habt ihr sie umgebracht?«

»Wir haben sie nicht umgebracht. Es war ein Unfall. Die ist wie blöd mit ihren Stöckelschuhen durch den Tunnel gerannt, ist hingefallen und hat sich den Kopf gestoßen.«

»Wer's glaubt!«

Sandro packte Julias Beine und zog sie in die Höhe. Ihr Kopf tauchte kurz unter.

Sie schnappte nach Luft. »Und jetzt bringst du mich auch um?« Sie versuchte, ihre Beine zu befreien, doch Sandros Griff war zu fest.

»Ihr Frauen seid doch alle gleich. Zuerst wollt ihr was und dann wieder nicht …«

»Dann hast du sie also …«

»Offenbar waren wir der nicht gut genug. Als einfache Tunnelarbeiter. Angespuckt hat sie mich.«

»Und dann hast du einen Stein genommen und …«

Sandro hob sie an den Füßen ganz in die Höhe, sie hing kopfüber im Wasser.

Julia versuchte sich zu wehren, strampelte, schlug mit den Armen um sich, bekam seine Beine zu fassen, kratzte, doch er ließ nicht los. Sie bekam keine Luft mehr, ihre Lungen füllten sich mit Wasser.

Auf einmal wurde es ganz ruhig. Jemand kam auf sie zugeschwommen. Es war die heilige Barbara. Es wird alles gut, sagte sie. Doch die Stimme passte nicht zu ihr.

»Schön durchatmen, es wird alles gut.«

Julia öffnete die Augen und blickte in Stettlers Gesicht. Dann drehte sie sich zur Seite, erbrach Wasser, musste husten, hatte das Gefühl, es zerreiße ihr die Lungen. »Was machen Sie denn hier?«, fragte Julia, nachdem sie wieder einigermaßen atmen konnte.

»Ich dachte, ich nehm mal ein Bad.« Stettler lachte. Es war das erste Mal, dass sie ihn lachen sah.

»Wurden Sie nicht verhaftet?« Sie setzte sich auf, schaute sich um. Sandro lag reglos auf dem Bauch. »Ist er tot?«

»Nein, nur k.o.«

»Wieso wussten Sie, dass ich hier bin?«

»Maria hat es mir gesagt. Und dann haben wir Sie mit dem Pager geortet.«

»Wir?«

»Die Polizistin wartet auf der anderen Seite.« Er deutete zum Schlupfloch. »Offenbar leidet die Arme unter Platzangst.«

»Aber wieso wussten Sie, dass Sandro …«

»Kurz bevor die Polizei kam und mein Büro durchsuchte, war Sandro da gewesen. Er fragte, ob er die Schicht wechseln könne. Beim Herausgehen ist ihm das Handy aus der Tasche gefallen. Gleichzeitig klingelte mein Telefon. Ich habe ihn nicht weiter beachtet, er bückte sich, hob das Handy auf und verließ dann das Büro. Als ich in der Zelle war und nicht schlafen konnte, ist mir dieses Bild wieder in den Sinn gekommen. Der Polizist hat die Kette in der untersten Schublade gefunden, genau da, wo Sandro sich gebückt hatte.«

»Ich kann es nicht fassen.« Julia strich die nassen Haare aus dem Gesicht.

»Die Menschen sind nicht immer die, die sie vorgeben zu sein.«

»Sie sagen es.« Eigentlich traf das auch auf Stettler zu. Im Grunde schien er völlig in Ordnung zu sein.

»Können Sie aufstehen?«

»Ich denke schon. Und das Siezen lassen wir bleiben.«

KAPITEL 20

»Zwei Prosecco bitte!«

»Ist das nicht etwas früh?«, fragte Maria.

»Die Damen haben wohl was zu feiern«, sagte die Wirtin vom *Bären*.

»Und ob!«, erwiderte Julia.

»Bin ich froh, dass dir nichts passiert ist. Ich hätte mir das nie verziehen«, sagte Maria, als die Wirtin im Gasthaus verschwunden war.

»Du konntest gar nichts dafür.«

»Doch, ich habe mich in Sandro getäuscht.«

»Nun lass mal.«

»Aber wenigstens ist mir jetzt alles klar!«

»So? Dann ist ja gut.«

Die Wirtin brachte die Gläser.

»Viva!«, sagte Julia.

»Viva! – *Marta* wollte einfach nicht.«

»Wie meinst du das?«

»Das war Frauensolidarität. Sie wollte die Frauenleiche nicht einbetonieren. Deshalb hat sie sich geweigert und sich nicht mehr von der Stelle bewegt.«

Julia prustete los. Sie hatte sich am Prosecco verschluckt. »Wenn du meinst.«

»Oder es war die heilige Barbara. Antonio hat doch von einem blauen Licht erzählt.«

Julia kam das Licht auf der Hinfahrt in den Sinn, als der Zug im Tunnel stillstand. Sollte das ein Zeichen gewesen sein? Wollte ihr da jemand sagen, dass es einen Grund gab, wieso *Marta* nicht lief? Und dann waren da noch die Maschinenführer. Gleich zwei von *Martas* Fahrern waren zu Tode gekommen. Wie, wenn die Maschine sich gegen sie … Julia nahm einen großen Schluck Prosecco und versuchte, die Gedanken hinunterzuspülen. War Aberglaube ansteckend?

»Aber vielleicht war alles bloßer Zufall.« Maria lachte.

»Du willst mich doch nur auf den Arm nehmen!«

Maria zuckte mit den Schultern. Julia stutzte. Hatte ihr Maria die ganze Zeit etwas vorgemacht, mit ihren Geistertheorien? Wollte sie sich damit nur wichtig machen? Angefangen mit Simon Brandl und aufgehört mit Antonio? Doch zumindest teilweise hatte Maria recht bekommen. Antonio war nicht verunfallt. Den hatten Sandro und seine Kumpel auf dem Gewissen. Doch das wollte sie Maria jetzt nicht auf die Nase binden.

»Wer war eigentlich noch mit Sandro zusammen im Tunnel? Hat er dir das gesagt?« Maria schien ihre Gedanken lesen zu können.

»N-nein. Es war nichts aus ihm herauszubekommen«, log Julia. Dass Antonio mit dabei war, würde Maria noch früh genug erfahren, falls Sandro überhaupt aussagte.

»Und Sandro hat die Frau wirklich umgebracht?«, fragte Maria ungläubig.

»Sie habe ihn beleidigt.«

»Und das genügt, um jemanden umzubringen?«

»Offenbar schon. Verletzter männlicher Stolz.«

Maria seufzte. »Aber den Bergamin, den hätte ich mir am liebsten persönlich vorgenommen.« Sie schlug mit der Faust zweimal gegen die Handfläche der anderen Hand. »Dieses Schwein. Dich mit dem Lastwagen über den Haufen fahren zu wollen, nur damit du die Maschine nicht flicken kannst und Stettler schlecht dasteht. Das ist so erbärmlich!«

»Ich hab's ja überlebt.«

»Apropos Leben«, sagte Maria. »Der Giovanoli hat ein Töchterchen bekommen.«

»Wer?«

»Der Polizist von Mazzaselva. Weißt du, wie er es getauft hat?«

»Maria?«

»Nein, Marta.«

Dank

Die Autorin dankt dem Kuratorium des Kantons Solothurn für die großzügige Unterstützung.

Weiterer Dank an: Christian Klaus (HS Tunnel Engineering AG), Willy Altermatt (Projektleiter Vereina-Tunnel), Bruno Arnold (Barackendorf Amsteg), Maurus Huwyler (AlpTransit Gotthard AG), Coni Scheifele (Herrenknecht Schweiz AG), Antonella De Marchi Pilotto und Paolo Monaco (Italienisch), Raoul Biltgen (Österreichisch), Judit Hödl (Stadtpolizei Zürich), Michael Thali (Institut für Rechtsmedizin, Universität Zürich), Dr. med. Marcella Siegrist